Und dann schoß seine Hand hinter den Kopf,

der winzige goldene Derringer krachte, und Bond riß es um die eigene Achse, als habe er eine Rechte ans Kinn bekommen. Er stürzte zu Boden.
Sofort war Scaramanga auf den Beinen. Er bewegte sich schnell wie eine Katze, ergriff das weggeworfene Messer und hielt es vor sich . . .

Die 007-James-Bond-Romane

Du lebst nur zweimal ✓
Feuerball ✓
Der goldene Colt ✓
Goldfinger ✓
Im Dienst Ihrer Majestät
James Bond jagt Dr. NO ✓
Liebesgrüße aus Athen ✓
Liebesgrüße aus Moskau
Mondblitz
Riskante Geschäfte
Der Spion, der mich liebte
Der Tod im Rückspiegel (Kurzgeschichten) ✓

Moonraker (Filmbuch)

Ian Fleming

007 James Bond und der goldene Colt

Scherz
Bern – München – Wien

Einzig berechtigte Übertragung aus dem Englischen
von Willy Thaler
Titel des Originals: »The Man With the Golden Gun«
Schutzumschlag von Heinz Looser
Foto: Thomas Cugini
5. Auflage 1982, ISBN 3-502-55862-0

Erstveröffentlichung dieser Taschenbuchausgabe
erschien bei Scherz unter dem Titel:
»007 James Bond und der Mann mit dem goldenen Colt«
Copyright © 1965 by Glidrose Production Ltd., London
Gesamtdeutsche Rechte beim Scherz Verlag Bern und München
Gesamtherstellung: Ebner Ulm

. . . bringen mit Thriller-Spannung außer Atem.

1

Vieles im Geheimdienst wird auch vor den ranghöchsten Beamten geheimgehalten. Nur M und sein Personalchef wissen wirklich alles, was es zu wissen gibt. Der letztere hat die Aufgabe, die Geheimakte zu führen, das sogenannte »Kriegsbuch«, damit im Fall von ihrer beider Tod die Gesamtheit dessen, was den einzelnen Abteilungen zur Verfügung steht, ihren Nachfolgern zugänglich ist.

James Bond zum Beispiel wußte nichts über die Abteilung im Hauptquartier, die mit dem Publikum zu unterhandeln hatte – mit Betrunkenen, Verrückten, ehrlichen Bewerbern um Aufnahme in den Geheimdienst und feindlichen Agenten, die sich einschmuggeln wollten oder sogar Mordabsichten hegten. An diesem kalten klaren Novembermorgen sollte er die Zahnräder der Maschinerie gründlich zu spüren bekommen.

Das Mädchen in der Zentrale im Verteidigungsministerium stellte den Hebel auf »Warten« und sagte zu seiner Nachbarin: »Schon wieder so 'n Narr, der behauptet, er sei James Bond. Sagt, er will mit M persönlich sprechen.«

Die Ranghöhere zuckte die Achseln. Seit vor einem Jahr der Tod von James Bond in den Zeitungen berichtet worden war, hatte die Zentrale zahlreiche Anrufe erhalten. Es hatte sich sogar ein aufdringliches Frauenzimmer gefunden, das bei jedem Vollmond Botschaften Bonds vom Uranus durchgab, wo er in Erwartung seiner Aufnahme in den Himmel anscheinend steckengeblieben war.

»Gib ihm den Verbindungsoffizier, Pat.«

Die Sektion Verbindung war das erste Rad in der Maschine, das erste Sieb.

Die Telefonistin meldete sich wieder: »Einen Augenblick, Sir. Ich verbinde Sie mit einem Beamten, der Ihnen vielleicht helfen kann.«

James Bond, der am Rande seines Bettes saß, sagte: »Besten Dank.«

Er hatte einige Verzögerung erwartet, ehe er seine Identität beweisen konnte. »Oberst Boris« hatte ihn schon darauf vorbereitet. Boris war der Mann, der in den letzten paar Monaten nach Beendigung von Bonds Behandlung im luxuriösen Institut auf dem Newski Prospekt in Leningrad um ihn bemüht gewesen war.

Eine Männerstimme meldete sich: »Hier Captain Walker. Was kann ich für Sie tun?«

James Bond sprach langsam und deutlich: »Hier Commander James Bond. Nummer 007. Würden Sie mich bitte mit M oder seiner Sekretärin, Miss Moneypenny, verbinden. Ich möchte eine Verabredung treffen.«

Captain Walker drückte auf zwei Knöpfe seitlich an seinem Telefon. Der eine setzte ein Tonbandgerät für seine Abteilung in Gang, der andere alarmierte einen der diensthabenden Beamten im Bereitschaftsraum der Spezialabteilung von Scotland Yard, er solle mithören, den Anruf orten und den Anrufer sofort beschatten lassen. Es war jetzt Sache von Captain Walker, die Unterhaltung mit seinem Gesprächspartner wenn irgend möglich auf fünf Minuten auszudehnen. Walker war ein äußerst erfahrener Mann vom Militärgeheimdienst, der Verhöre von ehemaligen Kriegsgefangenen leitete.

Er sagte: »Ich fürchte, ich kenne keine dieser beiden Personen. Sind Sie sicher, die richtige Nummer zu haben?«

Geduldig wiederholte James Bond die Regent-Nummer, die die Hauptverbindung des Geheimdienstes nach außen darstellte. Ebenso wie vieles andere hatte er sie vergessen gehabt, aber Oberst Boris kannte sie, und er hatte sie auf die erste Seite mitten ins Kleingedruckte seines gefälschten britischen Passes schreiben lassen, der seinen Namen als Frank Westmacott, Direktor einer Gesellschaft, angab.

»Ja«, sagte Captain Walker verständnisvoll. »Das scheint zu stimmen. Aber ich fürchte, ich kann die Personen, mit denen Sie sprechen wollen, nicht ausfindig machen. Wer sind diese Personen? Dieser Mr. Emm zum Beispiel – ich glaube nicht, daß wir jemanden dieses Namens im Ministerium haben.«

»Wollen Sie denn, daß ich es buchstabiere? Sind Sie sich darüber im klaren, daß ich über eine unverwürfelte Leitung spreche?«

Irgendwie war Walker von der Sicherheit in der Stimme des Sprechers beeindruckt. Er drückte auf einen weiteren Knopf. Eine Glocke klingelte, so daß Bond sie hören konnte. Er sagte: »Bleiben Sie bitte einen Augenblick am Apparat. Ich habe jemanden auf meiner zweiten Nummer.«

Captain Walker verband sich mit dem Chef seiner Abteilung. »Entschuldigen Sie, Sir. Ich habe da jemanden, der erklärt, er sei James Bond und wolle mit M sprechen. Ich weiß, es klingt verrückt, und ich habe auch die üblichen Vorkehrungen mit der Spezialabteilung getroffen, aber würden Sie bitte eine Minute lang zuhören? Danke, Sir.«

Zwei Zimmer entfernt sagte ein gequälter Mann, der Chefsicherheitsbeamte des Geheimdienstes: »Verdammt!« und drückte auf einen Knopf.

Ein Mikrophon auf seinem Schreibtisch wurde lebendig. Der Beamte saß sehr still da. Er hatte das dringende Bedürfnis, sich eine Zigarette anzuzünden, aber sein Zimmer stand jetzt in direkter Verbindung mit Walker und dem Verrückten, der sich als James Bond bezeichnete.

Walkers Stimme kam in voller Lautstärke durch: »Tut mir leid. Also, dieser Mr. Emm, mit dem Sie sprechen wollen . . . Sie brauchen sich wegen der Geheimhaltung nicht zu sorgen. Könnten Sie etwas deutlicher sein?«

James Bond runzelte die Stirn. Er sagte, wobei er wieder die Stimme senkte: »Admiral Sir Miles Messervy. Er ist Chef eines Departments in Ihrem Ministerium. Seine Zimmernummer war zwölf im zweiten Stock. Seine Sekretärin hieß Miss Moneypenny. Hübsches Mädchen, brünett. Soll ich Ihnen den Namen des Personalchefs sagen? Nein? Einen Augenblick, heute ist Mittwoch. Soll ich Ihnen sagen, wie heute das Hauptgericht in der Kantine heißt? Es müßte Fleischpastete sein.«

Der leitende Sicherheitsbeamte nahm das direkte Telefon zu Captain Walker auf.

Dieser sagte zu Bond: »Verdammt! Da ist wieder das andere Telefon. Einen Augenblick, bitte.«

Er hob den Hörer des grünen Telefons ab. »Jawohl, Sir?«

»Die Sache mit der Fleischpastete gefällt mir nicht. Geben Sie ihn an den Scharfen Mann weiter. Nein. Lieber nicht. Lassen wir's beim Sanften. Etwas an dem Tod von 007 war merkwürdig. Keine Leiche. Kein fester Beweis. Und die Leute auf dieser japanischen Insel schienen mir immer ein gewagtes Spiel zu treiben. Das Spiel mit dem Steinernen Gesicht. Es wäre immerhin möglich. Halten Sie mich auf dem laufenden, ja?«

Captain Walker wandte sich wieder an James Bond. »Entschuldigen Sie bitte. Sehr viel zu tun heute. Aber zu Ihrer Anfrage. Ich fürchte, ich selbst kann Ihnen da nicht helfen, ist nicht mein Ressort im Ministerium. Der Mann, den Sie brauchen, ist Major Townsend. Er sollte den Mann ausfindig machen können, den Sie suchen. Haben Sie einen Bleistift? Nummer 44 Kensington Cloisters. Haben Sie's? Kensington 55-55. Lassen Sie mir zehn Minuten Zeit, ich werde mit ihm sprechen und sehen, ob er Ihnen helfen kann. In Ordnung?«

James Bond sagte lustlos: »Sehr nett von Ihnen«, und hängte ein.

Er wartete genau zehn Minuten, dann hob er ab und verlangte die Nummer.

James Bond wohnte im Hotel Ritz.

Oberst Boris hatte ihm dazu geraten. Bonds Akte im Archiv des KGB beschrieb ihn als einen Mann, der an ein luxuriöses Leben gewöhnt war, und so mußte er sich nun bei seinem Eintreffen in London an das Bild halten, das man sich beim KGB – dem russischen Geheimdienst – von einem luxuriösen Leben machte. Bond fuhr mit dem Lift zum Eingang Arlington Street.

Ein Mann beim Zeitungsstand machte mit einer Knopfloch-Minox ein gutes Profilfoto von ihm.

Als Bond die Stufen zur Straße hinunterstieg und den Portier bat, ihm ein Taxi zu rufen, wurde eifrig aus einem Wäschereiwagen vor dem Lieferanteneingang von einer Rolleiflex mit Teleobjektiv fotografiert.

Und dann folgte der gleiche Wagen Bonds Taxi, während der Mann, der drinnen saß, kurz an den Bereitschaftsraum der Spezialabteilung berichtete.

Kensington Cloisters 44 war ein langweiliges viktorianisches Gebäude aus schmutzig-rotem Ziegelstein.

Es war für seinen besonderen Zweck ausgewählt worden, früher hatte es das Hauptquartier der Liga für Lärmbekämpfung beherbergt; im Eingang hing noch immer die Messingtafel dieser Gesellschaft, die schon vor langer Zeit aufgelöst worden war.

Es besaß ein geräumiges altmodisches Kellergeschoß, in dem Gefängniszellen eingerichtet waren, und einen Hinterausgang auf einen stillen Hof.

Der Wäschereiwagen wartete, bis sich das Tor hinter James Bond schloß, dann fuhr er zu seiner Garage nicht weit von Scotland Yard, während in seinem Innern der belichtete Film entwickelt wurde.

»Verabredung mit Major Townsend«, sagte Bond.

»Jawohl, er erwartet Sie, Sir. Soll ich Ihnen Ihren Regenmantel abnehmen?«

Der kräftig aussehende Beamte hängte den Mantel auf einen Bügel und dann an einen der Haken neben der Tür.

Sobald Bond sicher mit Major Townsend eingeschlossen

war, würde der Mantel rasch ins Labor im ersten Stock gehen, wo auf Grund einer Untersuchung des Stoffes seine Herkunft festgestellt würde. Für weitere genauere Untersuchungen würde man Staub aus der Tasche entnehmen.

»Bitte folgen Sie mir, Sir.«

In dem schmalen, mit gestrichenen Brettern verschalten Gang gab es ein einzelnes Fenster, das ein Fluoroskop verbarg. Es wurde automatisch ausgelöst, wenn man den häßlichen gemusterten Teppich betrat. Die Ergebnisse der Beobachtung durch sein Röntgenauge gingen in das Labor.

Der Gang endete vor zwei Türen mit der Bezeichnung »A« und »B«.

Der Beamte klopfte an die Tür von Zimmer »B« und trat zur Seite, um Bond eintreten zu lassen.

Ein freundlicher, sehr heller Raum mit taubengrauem Wilton-Teppichbelag empfing ihn.

In einem Adam-Kamin, auf dem Silbertrophäen und zwei Fotografien in Lederrahmen standen, brannte ein kleines helles Feuer. Das eine Foto zeigte eine nett aussehende Frau, das andere drei Kinder.

In der Mitte stand ein Tisch mit einer Blumenvase und zu beiden Seiten des Feuers je ein bequemer Clubsessel.

Kein Schreibtisch, kein Aktenschrank, nichts offiziell Aussehendes.

Ein großer Mann, so angenehm wie der Raum, stand von dem einen Sessel auf. Er ließ die *Times* neben sich auf den Teppich niederfallen und kam mit einem freundlichen Lächeln auf Bond zu.

Er streckte eine feste, trockene Hand aus.

Das war der Sanfte Mann.

»Kommen Sie, treten Sie nur näher. Nehmen Sie Platz. Zigarette gefällig? Nicht Ihre Lieblingssorte, wenn ich mich recht entsinne. Bloß die gute alte Senior Service.«

Major Townsend hatte seine Bemerkung sorgfältig vorbereitet – einen Hinweis auf Bonds Vorliebe für Morland

Specials mit den drei Goldringen. Er konstatierte, daß Bond offenbar nicht darauf reagierte.

Bond nahm eine Zigarette und ließ sich Feuer geben.

Sie setzten sich einander gegenüber. Major Townsend schlug bequem die Beine übereinander. Bond saß gerade aufgerichtet. Major Townsend sagte: »Nun also, wie kann ich Ihnen behilflich sein?«

Auf der anderen Seite des Ganges, im Zimmer »A«, einer kalten Amtskanzlei, deren Einrichtung lediglich aus einem zischenden Gasofen sowie einem häßlichen Schreibtisch mit zwei Holzstühlen unter dem nackten Neonlicht bestand, wäre Bonds Empfang durch den Scharfen Mann, einen ehemaligen Polizeidirektor (»ehemalig« wegen eines Brutalitätsfalles in Glasgow, auf Grund dessen er versetzt worden war), ganz anders ausgefallen. Hier würde ihm der Mann, der unter dem Namen eines Mr. Robson geführt wurde, die Behandlung verpaßt haben, die auf Einschüchterung berechnet war – harte, furchteinflößende Befragung, Drohung mit Gefängnis wegen Vorspiegelung falscher Identität und Gott weiß was sonst noch alles.

So sah das Sieb aus, das den Weizen von der Spreu der unbekannten oder verdächtigen Personen sonderte, die Zutritt zum Geheimdienst wünschten.

Es gab keinen Grund, warum James Bond, der immer im Außendienst gewesen war, mehr über die Organisation hätte wissen sollen als über die Geheimnisse der Elektrizitätsanlage in seiner Wohnung in Chelsea oder über das Funktionieren seiner Nieren.

Oberst Boris hingegen waren alle diese Vorgänge vertraut. Die Geheimdienste aller Großmächte kennen das der Öffentlichkeit zugewandte Gesicht ihrer Gegner, und Oberst Boris hatte die Behandlung genau beschrieben, die James Bond zu erwarten hatte, ehe er »in Ordnung befunden« und ins Büro seines früheren Chefs gelassen wurde.

James Bond machte also jetzt eine Pause, bevor er Major

Townsends Frage beantwortete.

Er sah den Sanften Mann an und blickte dann ins Feuer. Er stellte fest, wie genau die Angaben über Major Townsend gewesen waren, und bevor er sagte, was man ihm aufgetragen hatte, gab er Boris neun von zehn erreichbaren Pluspunkten.

Das große, freundliche Gesicht, die hellbraunen, weit auseinanderstehenden Augen, der militärische Schnurrbart, das randlose Monokel an einer dünnen schwarzen Schnur, das zurückgebürstete, schütter werdende sandfarbene Haar, der tadellose blaue Zweireiher, der steife weiße Kragen und die Militärkrawatte – alles stimmte.

Was jedoch Oberst Boris nicht gesagt hatte, war, daß die freundlichen Augen kalt und bewegungslos wie Gewehrläufe blickten und die Lippen dünn und gelehrtenhaft waren.

James Bond sagte geduldig: »Es ist tatsächlich ganz einfach. Ich bin der, der ich zu sein behaupte. Und ich tue das, was meiner Ansicht nach selbstverständlich ist, nämlich mich bei M zurückmelden.«

»Gewiß. Aber Sie müssen sich darüber klar sein« (ein mitfühlendes Lächeln), »daß Sie fast ein Jahr ohne Kontakt mit uns waren. Offiziell werden Sie als ›vermißt, wahrscheinlich getötet‹ geführt. Ein Nachruf auf Sie ist sogar in der *Times* erschienen. Haben Sie irgendeinen Beweis für Ihre Identität? Ich gebe zu, daß Sie Ihren Fotos sehr ähnlich sehen, aber Sie verstehen, daß wir erst ganz sichergehen müssen, bevor wir Sie die Leiter hinauflassen.«

»Eine Miss Mary Goodnight war meine Sekretärin. Sie wird mich bestimmt erkennen. Ebenso Dutzende von anderen Leuten im Hauptquartier.«

»Miss Goodnight ist ins Ausland versetzt worden. Können Sie mir eine kurze Beschreibung des Hauptquartiers geben, bloß eine Art allgemeine Übersicht.«

Bond tat es.

»Richtig. Nun sagen Sie mir: Wer war eine gewisse Miss Maria Freudenstadt?«

»War?«

»Ja, sie ist tot.«

»Das dachte ich mir – daß sie nicht lange durchhalten würde. Sie war Doppelagentin, arbeitete für den KGB. Abteilung 100 war ihr Auftraggeber. Ich würde keinen Dank ernten, wenn ich Ihnen mehr erzählte.«

Major Townsend war bezüglich dieser ganz geheimen Frage instruiert worden. Man hatte ihm die Antwort mehr oder weniger so gegeben, wie Bond sie eben formuliert hatte.

Das war das entscheidende Argument. Das *mußte* James Bond sein. »Nun, wir sind ausgezeichnet vorangekommen. Es bleibt jetzt nur noch übrig herauszufinden, woher Sie kommen und wo Sie all diese Monate gewesen sind, dann werde ich Sie nicht länger aufhalten.«

»Tut mir leid, aber darüber kann ich nur M persönlich berichten.«

»Ich verstehe.«

Major Townsend setzte eine nachdenkliche Miene auf. »Nun, ich möchte nur ein oder zwei Telefongespräche führen, dann werde ich sehen, was wir für Sie tun können.« Er stand auf. »Haben Sie die heutige *Times* schon gelesen?« Er hob sie auf und reichte sie Bond. Sie war besonders behandelt worden, um gute Fingerabdrücke zu liefern. Bond nahm sie. »Ich bin bald wieder da.«

Major Townsend schloß die Tür hinter sich, ging über den Gang und durch die Tür mit der Aufschrift »A«, wo, wie er wußte, »Mr. Robson« allein war.

»Tut mir leid, Sie zu stören, Fred. Kann ich Ihren Verschlüßler benutzen?«

Der gedrungene Mann hinter dem Schreibtisch brummte etwas durch seinen Pfeifenstiel und blieb über die Rennberichte in der Mittagsausgabe des *Evening Standard* gebeugt. Major Townsend nahm den grünen Hörer auf und wurde mit dem Labor verbunden. »Hier Major Townsend. Was gibt es?«

Er horchte sorgfältig, bedankte sich und ließ sich mit dem

leitenden Sicherheitsbeamten im Hauptquartier verbinden.

»Nun, Sir, ich glaube, es muß 007 sein. Etwas schlanker als auf den Fotos. Ich gebe Ihnen seine Abdrücke, sobald er fort ist. Trägt seine übliche Kleidung – dunkelblauen Einreiher, weißes Hemd, schmale schwarze Strickkrawatte aus Seide, schwarze Schuhe –, aber alles sieht ganz neu aus. Regenmantel gestern bei Burberry gekauft. Antwort auf die Freudenstadtfrage richtig, sagte aber, er werde nur M persönlich irgend etwas über sich selbst erzählen. Aber wer er auch ist, mir gefällt das Ganze nicht sehr. Bei seinen Spezialzigaretten hat er gepatzt. Er hat einen merkwürdig glasigen, irgendwie abwesenden Blick, und die Röntgenaufnahme zeigt, daß er in seiner rechten Rocktasche eine Pistole trägt – ein merkwürdiges Ding, scheint keinen Griff zu haben. Ich möchte sagen, er ist krank. Ich persönlich würde nicht dazu raten, daß M ihn empfangen soll, aber ich weiß auch nicht, wie wir ihn zum Reden bringen könnten, wenn er das nicht tut.«

Pause.

»Sehr wohl, Sir. Ich bleibe beim Telefon. Ich bin am Apparat von Mr. Robson.«

Im Raum war es still. Die beiden Männer vertrugen sich nicht gut. Major Townsend starrte in das Gasfeuer und dachte über den Mann im Zimmer nebenan nach. Das Telefon schlug an. »Jawohl, Sir? In Ordnung, Sir. Bitte lassen Sie durch Ihre Sekretärin einen Wagen aus der Garage herüberschicken. Danke, Sir.«

Bond saß in der gleichen aufrechten Stellung da, die *Times* noch ungeöffnet in der Hand. Major Townsend sagte fröhlich: »Also, das geht in Ordnung. Mitteilung von M, er ist außerordentlich erleichtert, daß Sie wohlauf sind, und er wird Ihnen in etwa einer halben Stunde zur Verfügung stehen. Der Wagen dürfte in zehn Minuten hier sein. Und der Personalchef sagte noch, er hoffe, Sie würden nachher zum Lunch frei sein.«

Zum erstenmal lächelte James Bond. Ein dünnes Lächeln,

das seine Augen nicht erhellte. Er sagte: »Sehr nett von ihm. Würden Sie ihm bitte sagen, daß ich leider nicht frei bin.«

2

Der Personalchef stand vor Ms Schreibtisch und erklärte bestimmt: »Sie sollten es wirklich nicht tun, Sir. Ich oder jemand anders könnte ihn empfangen. Mir gefällt das alles gar nicht. Ich glaube, 007 ist nicht ganz richtig. Kein Zweifel, daß es tatsächlich Bond ist. Die Fingerabdrücke sind soeben vom Sicherheitschef bestätigt worden. Und die Bilder sind in Ordnung – die Stimmaufnahmen auch. Aber zu viele andere Dinge stimmen nicht. Dieser gefälschte Paß, den wir in seinem Zimmer im Ritz gefunden haben, zum Beispiel. Schön, er wollte in aller Ruhe ins Land zurückkehren. Aber die Arbeit ist zu gut. Typisch KGB. Und der letzte Stempel stammt aus Westdeutschland, von vorgestern. Warum hat er sich nicht bei Station B oder W gemeldet? Die beiden Stationsleiter sind Freunde von ihm, besonders 016 in Berlin. Und warum ist er nicht zuerst in seine Wohnung gegangen, um sich einmal umzusehen? Er hat dort eine Haushälterin, eine Schottin namens May, die nach wie vor schwört, er sei am Leben, und die Wohnung aus ihren eigenen Ersparnissen erhält. Das Ritz, das ist irgendwie ein ›Theater‹-Bond. Und die neuen Kleider. Warum hat er sich diese Mühe gemacht? War doch völlig egal, was er bei seiner Einreise in Dover trug. Normalerweise, wenn er in Lumpen gewesen wäre, hätte er mich angerufen – er hat meine Privatnummer –, damit ich ihn versorge. Wir hätten ein paar Drinks genommen, er hätte seine Geschichte erzählt und wäre dann hergekommen. Statt dessen zeigt er dieses Verhalten, und die Sicherheit macht sich höllische Sorgen.«

Der Personalchef machte eine Pause. Er wußte, er kam nicht durch.

Gleich nach seinen ersten Worten hatte M seinen Stuhl zur Seite gedreht und war so sitzen geblieben. Während er gelegentlich an seiner kalten Pfeife zog, blickte er verstimmt auf die gezackten Konturen Londons hinaus.

Hartnäckig fuhr der Personalchef fort: »Glauben Sie nicht, Sir, Sie könnten das mir überlassen? Ich kann mich in kürzester Zeit mit Sir James Molony in Verbindung setzen und 007 zur Beobachtung und Behandlung in den ›Park‹ bringen lassen. Alles wird ganz freundschaftlich durchgeführt, Behandlung hochstehender Personen und so weiter. Ich kann ihm erklären, Sie seien zum Ministerrat gerufen worden oder etwas Ähnliches. Sicherheit sagt, 007 sieht mager aus. Man muß ihn eben aufpäppeln. Rekonvaleszenz und so. Das könnte als Ausrede dienen. Wenn er gewalttätig wird, können wir ihm immer noch etwas spritzen. Er ist ein guter Freund von mir, er wird es uns nicht nachtragen. Offensichtlich muß man ihm wieder auf die Beine helfen – es kommt nur darauf an, ob es uns gelingt.«

M drehte seinen Stuhl langsam zurück. Er sah zu dem müden, sorgenvollen Gesicht hoch, dem man die Anstrengung ansah, seit zehn oder mehr Jahren die Nummer zwei im Geheimdienst zu sein.

»Vielen Dank. Aber ich fürchte, so leicht ist das nicht. Ich habe 007 mit seinem letzten Auftrag betraut, um ihn aus seinen persönlichen Sorgen herauszureißen. Sie erinnern sich, wie es zu dem Ganzen kam. Nun, wir hatten keine Ahnung, daß diese scheinbar recht friedliche Mission zu einer regelrechten Schlacht mit Blofeld ausarten würde, noch, daß 007 für ein Jahr von der Bildfläche verschwinden würde. Wir müssen nun herausbekommen, was in diesem Jahr geschehen ist. Und 007 hat ganz recht. Ich habe ihn mit diesem Auftrag ausgeschickt, und er hat alles Recht, mir persönlich Bericht zu erstatten. Ich kenne 007. Er ist ein halsstarriger Kerl. Wenn er sagt, er will es niemand anders erzählen, dann bleibt er auch dabei. Selbstverständlich will ich wissen, was mit ihm passiert ist. Sie werden zuhören.

Halten Sie zwei gute Leute in Bereitschaft. Wenn er unangenehm wird, kommen Sie ihn holen. Was seine Pistole anbelangt« – M machte eine beiläufige Geste in Richtung zur Decke –, »damit werde ich schon fertig. Haben Sie das verdammte Ding da oben untersucht?«

»Jawohl, Sir. Funktioniert tadellos. Aber . . .«

M hob die Hand. »Tut mir leid, Personalchef. Das ist ein Befehl.«

Auf dem Gegensprechapparat blinkte ein Licht.

»Das wird er sein. Schicken Sie ihn gleich herein!«

»In Ordnung, Sir.«

Der Personalchef ging hinaus und schloß die Tür.

James Bond stand da und lächelte unbestimmt auf Miss Moneypenny hinunter. Sie sah verwirrt aus.

Als James Bond den Blick abwandte und »Hallo, Bill« sagte, war sein Lächeln noch ebenso zurückhaltend. Er streckte die Hand nicht aus. Bill Tanner sagte mit einer Herzlichkeit, die ihm schrecklich falsch in den Ohren klang: »Hallo, James. Lange nicht gesehen.«

Gleichzeitig sah er im Augenwinkel, wie Miss Moneypenny schnell, aber deutlich den Kopf schüttelte. Er blickte ihr gerade in die Augen. »M möchte 007 sofort empfangen.«

Miss Moneypenny log verzweifelt: »Sie wissen, daß M in fünf Minuten eine Konferenz der Abteilungschefs im Kabinettsbüro hat?«

»Ja. Er sagt, Sie müssen ihn dort irgendwie entschuldigen.«

Der Personalchef wandte sich an James Bond.

»Okay, James. Geh nur hinein. Schade, daß du mittags nicht frei bist. Komm doch auf einen Plausch, sobald du bei M fertig bist.«

Bond sagte: »Danke, sehr gern.« Dann ging er durch die Tür, über der schon das rote Licht aufleuchtete.

Miss Moneypenny vergrub ihr Gesicht in den Händen. »O Bill!« sagte sie verzweifelt, »irgend etwas stimmt mit ihm nicht. Ich habe Angst.«

Bill Tanner sagte: »Reg dich nicht auf, Penny. Ich werde

tun, was ich kann.«

Er ging schnell in sein Büro und schloß die Tür, eilte zu seinem Schreibtisch und drückte auf einen Schalter. Ms Stimme wurde hörbar: »Hallo, James. Großartig, daß Sie wieder da sind. Setzen Sie sich und erzählen Sie mir alles.«

Bill Tanner griff zum Bürotelefon und verlangte den Sicherheitschef.

James Bond nahm seinen gewohnten Platz auf der anderen Seite von Ms Schreibtisch ein. Ein Sturm von Erinnerungen wirbelte durch sein Bewußtsein wie ein schlecht geschnittener Film auf einem Vorführapparat, der nicht richtig funktioniert.

Bond verschloß seine Gedanken gegen diesen Ansturm. Er mußte sich auf das konzentrieren, was er zu sagen und zu tun hatte, und auf nichts sonst.

»Ich fürchte, es gibt eine Menge Dinge, an die ich mich immer noch nicht erinnern kann, Sir. Ich erhielt einen Schlag auf den Kopf« – er berührte seine rechte Schläfe – »irgendwo im Verlaufe des Auftrags, zu dessen Durchführung Sie mich nach Japan geschickt hatten. Dann ist alles leer, bis ich von der Polizei am Ufer bei Wladiwostok aufgefunden wurde. Keine Ahnung, wie ich hinkam. Sie haben mich ein wenig unsanft behandelt, und dabei muß ich neuerlich auf den Kopf geschlagen worden sein, denn plötzlich erinnerte ich mich, wer ich war und daß ich kein japanischer Fischer war, wie ich gedacht hatte. Dann übergab mich die Polizei selbstverständlich der Ortsabteilung des KGB – es ist dies, nebenbei bemerkt, ein großes graues Gebäude in der Moskaja Ulitza gegenüber dem Hafen neben der Bahnstation. Als sie meine Fingerabdrücke mittels Belinogramm nach Moskau schickten, gab es dort eine große Aufregung. Sie flogen mich vom Militärflughafen Wtoraja Reschka, nördlich der Stadt, dorthin und fragten mich anschließend wochenlang aus – oder versuchten vielmehr, es zu tun, denn ich konnte mich an nichts erinnern. Nur wenn sie mir mit etwas, was sie selbst wußten, nachhalfen, dann konnte ich ihnen ein paar verschwommene Einzelheiten angeben, die sie noch nicht kannten. Es war sehr enttäuschend für sie.«

»Sehr«, bemerkte M. Eine kleine Falte war zwischen seinen Augen entstanden. »Und Sie haben ihnen also alles gesagt, was Sie konnten? War das nicht einigermaßen . . . äh . . . großzügig von Ihnen?«

»Sie waren mir gegenüber in jeder Hinsicht sehr nett, Sir. Es schien das Geringste, was ich tun konnte. Da war dieses Institut in Leningrad. Sie behandelten mich als ›wichtige Persönlichkeit‹. Hervorragende Gehirnspezialisten und alles das. Sie schienen es mir nicht übelzunehmen, daß ich die meiste Zeit meines Lebens gegen sie gearbeitet habe. Andere Leute kamen und sprachen sehr vernünftig mit mir über die politische Lage und dergleichen. Über die Notwendigkeit für Ost und West, für den Weltfrieden zusammenzuarbeiten. Sie machten mir viele Dinge klar, die mir vorher nicht aufgefallen waren. Ich muß sagen, sie haben mich ziemlich von ihrer Sache überzeugt.«

Bond blickte hartnäckig über den Tisch in die klaren blauen Seemannsaugen, in denen jetzt ein Funke von Ärger aufglomm.

»Ich nehme an, Sie verstehen nicht, was ich meine, Sir. Sie haben Ihr ganzes Leben lang gegen diesen oder jenen Krieg geführt. Das tun Sie auch jetzt. Und die meiste Zeit meines Lebens haben Sie mich als Werkzeug verwendet. Glücklicherweise ist das jetzt alles vorbei.«

M sagte grimmig: »Gewiß ist es das. Ich nehme an, unter den Dingen, die Sie vergessen haben, befinden sich auch die Berichte unserer Kriegsgefangenen aus dem Koreakrieg über ihre Gehirnwäsche durch die Chinesen. Wenn die Russen so auf Frieden erpicht sind, wozu brauchen sie dann den KGB? Nach letzter Schätzung sind es etwa hunderttausend Männer und Frauen, die gegen uns und andere Länder ›Krieg führen‹, wie Sie das nennen. Das ist die Organisation, die zu Ihnen in Leningrad so nett war. Haben sie Ihnen zufällig auch von der Ermordung

Horchers und Stutz' letzten Monat in München erzählt?«

»O ja, Sir.« Bonds Stimme war geduldig, gleichmütig. »Sie müssen sich gegen die Geheimdienste des Westens zur Wehr setzen. Wenn Sie das alles hier auflösen würden« – Bond machte eine Handbewegung –, »wären sie nur allzu begeistert, den KGB zu schließen. Sie haben mir das ganz offen gesagt.«

»Und das gleiche gilt für ihre zweihundert Divisionen und ihre U-Boot-Flotte und ihre interkontinentalen Raketen, nehme ich an«, krächzte M.

»Selbstverständlich, Sir.«

»Nun, wenn Sie diese Leute so vernünftig und reizend fanden, warum sind Sie nicht dort geblieben? Andere haben das getan. Burgess ist zwar tot, aber Sie hätten sich mit MacLean anfreunden können.«

»Wir hielten es für wichtiger, daß ich zurückkäme und hier für den Frieden kämpfe, Sir. Sie und Ihre Agenten haben bei mir gewisse Fähigkeiten entwickelt, die mich für eine Kriegführung im Untergrund tauglich machen. Mir wurde erklärt, wie ich diese Fähigkeiten für die Sache des Friedens nützen könnte.«

James Bonds Hand fuhr lässig zu seiner rechten Jackentasche. M schob ebenso lässig seinen Stuhl vom Schreibtisch zurück. Seine linke Hand fühlte nach dem Knopf unter der Armlehne seines Stuhls. »Zum Beispiel?« fragte M ruhig. Er wußte, daß der Tod jetzt ins Zimmer gekommen war und neben ihm stand.

James Bond war nun gespannt, seine Lippen waren weiß. Die blaugrauen Augen starrten leer, fast blicklos auf M. Die Worte kamen rauh aus seinem Mund, wie durch einen inneren Zwang aus ihm herausgepreßt.

»Wenn die Kriegshetzer ausgemerzt werden könnten, Sir, so wäre das ein Anfang. Das ist für die Nummer eins auf der Liste.«

Die Hand mit der schwarzen Metallnase fuhr aus der Tasche, aber eben als das Gift durch den Lauf der Pistole

mit dem Ballongriff zischte, krachte die große Panzerglas-
platte aus dem verborgenen Schlitz in der Decke herunter
und kam mit einem letzten Seufzer der hydraulischen
Bremse zum Einrasten. Der Strahl der zähen braunen
Flüssigkeit verspritzte harmlos in ihrer Mitte und tropfte
langsam zu Boden. Das beschmierte Glas verzerrte Ms
Gesicht und den schützend erhobenen Arm.
Der Personalchef stürzte ins Zimmer, hinter ihm der Sicherheitschef.
Sie warfen sich auf James Bond. Als sie seine Arme
ergriffen, fiel sein Kopf nach vorn auf die Brust, und er
wäre zu Boden geglitten, wenn sie ihn nicht festgehalten
hätten.
Sie zogen ihn in die Höhe und versuchten ihn auf die Füße
zu stellen. Er war bewußtlos.
Der Sicherheitschef schnüffelte.
»Zyanid«, sagte er kurz. »Wir alle müssen hier raus. Und
zwar verflucht rasch.«
Die Pistole lag auf dem Teppich. Er stieß sie wütend mit
dem Fuß fort.
Zu M, der hinter seinem Glasschild hervorgekommen war,
sagte er: »Würden Sie bitte den Raum verlassen, Sir.
Schnell. Ich werde das hier während der Mittagszeit in
Ordnung bringen lassen.« Das war ein Befehl.
M ging zu der offenen Tür.
Miss Moneypenny stand da, ihre geballte Faust zum Mund
erhoben. Voll Entsetzen sah sie, wie James Bonds lebloser
Körper hinaus und in das Zimmer des Personalchefs
geschleppt wurde. M sagte scharf: »Schließen Sie diese Tür,
Miss Moneypenny. Rufen Sie sofort den diensthabenden
Arzt. Vorwärts, Mädchen! Stehen Sie nicht da und starren
Sie in die Luft! Und kein Wort zu irgend jemandem.
Verstanden?«
Miss Moneypenny, einem hysterischen Anfall nahe, riß
sich zusammen. Sie sagte automatisch: »Jawohl, Sir«,
schloß die Tür und griff nach dem Bürotelefon.
M ging hinüber ins Büro des Personalchefs.

Der Sicherheitschef kniete neben Bond. Er hatte dessen Krawatte gelockert und den Kragenknopf gelöst und fühlte den Puls des Agenten.

Bonds Gesicht war weiß und schweißgebadet. Sein Atem ging rasselnd.

M betrachtete ihn einen Augenblick.

Dann wandte er sich von ihm ab, drehte sich zum Personalchef um und sagte energisch: »Nun, so wäre das also. Mein Vorgänger ist in diesem Stuhl gestorben. Damals war es eine einfache Kugel, aber durch einen auf ähnliche Weise zum Wahnsinn getriebenen Beamten. Gegen Verrückte kann man nicht gesetzlich vorgehen. Aber das Ministerium für Öffentliche Arbeiten hat mit dieser Schutzvorrichtung wirklich erstklassige Arbeit geleistet. Also, Personalchef, das alles hat selbstverständlich geheim zu bleiben. Rufen Sie, sobald Sie können, Sir James Molony an und lassen Sie 007 zum ›Park‹ bringen. Krankenwagen, heimliche Bewachung. Ich werde heute nachmittag Sir James die Sache erklären. Kurz, wie Sie gehört haben, er ist dem KGB in die Hände gefallen. Sie haben eine Gehirnwäsche durchgeführt. Er war schon vorher ein kranker Mann, muß irgendwie das Gedächtnis verloren haben. Ich werde Ihnen später alles erzählen, was ich weiß. Lassen Sie seine Sachen aus dem Ritz holen und seine Rechnung bezahlen. Lassen Sie auch eine Verlautbarung an die Presse gehen, etwa in der Art: ›Das Verteidigungsministerium freut sich‹, nein, sagen Sie: ›ist außerordentlich erfreut, mitteilen zu können, daß Commander James Bond usw., der als vermißt gemeldet worden war – wahrscheinlich bei einem Einsatz in Japan im vorigen November getötet – nach einer schwierigen Reise quer durch die Sowjetunion hierher zurückgekehrt ist, als deren Ergebnis man viele wertvolle Informationen erwartet. Commander Bonds Gesundheit hat unvermeidlicherweise unter seinen Erlebnissen gelitten, und er befindet sich zur Erholung unter ärztlicher Kontrolle.‹«

M lächelte eisig.

»Dieser kleine Hinweis auf die zu erwartenden Informationen wird dem Genossen Semischastny und seinen Leuten keine Freude bereiten. Und schließen Sie noch eine Notiz für den Herausgeber an: ›Es wird besonders gebeten, aus Sicherheitsgründen dem obigen Kommuniqué sowenig Spekulationen und Kommentare als möglich hinzuzufügen. Auch soll nicht versucht werden, Commander Bonds Aufenthaltsort ausfindig zu machen.‹ In Ordnung?«

Bill Tanner hatte aufgeregt mitgeschrieben. Nun sah er erstaunt von seinem Block hoch.

»Aber wollen Sie denn keine Anklage erheben, Sir? Schließlich, Verrat und Mordversuch . . . Ich meine . . . auch nicht vor dem Kriegsgericht?«

»Bestimmt nicht.«

Ms Stimme klang mürrisch.

»007 ist ein kranker Mann. Nicht verantwortlich für seine Handlungen. Wenn man einen Menschen einer Gehirnwäsche unterziehen kann, so kann man das wahrscheinlich auf irgendeine Weise wieder rückgängig machen. Wenn das jemand zustande bringt, so ist es Sir James. Setzen Sie 007 inzwischen auf halbes Gehalt, bei seiner alten Abteilung. Und sehen Sie zu, daß er volle Nachzahlung und Zuschüsse für das vergangene Jahr bekommt. Wenn der KGB die Nerven besitzt, mir einen meiner besten Leute auf den Hals zu hetzen, so habe ich die Nerven, ihn auf sie zurückzujagen. 007 war einmal ein guter Agent. Es besteht kein Grund, warum er es nicht wieder werden sollte. Versteht sich, innerhalb bestimmter Grenzen. Geben Sie mir nach dem Lunch die Akte über Scaramanga. Wenn wir 007 wieder richtig hinkriegen, ist Scaramanga das richtige Zielobjekt für ihn.«

Der Personalchef widersprach: »Aber das wäre glatter Selbstmord, Sir. Sogar 007 könnte es nie mit ihm aufnehmen.«

M sagte kalt: »Was glauben Sie, würde 007 für das Stück Arbeit von heute morgen bekommen? Zwanzig Jahre? Als Minimum, würde ich sagen. Da ist es für ihn besser, er fällt auf dem Schlachtfeld. Schafft er es aber, so hat er seine

Sporen wieder verdient, und wir können alles, was geschehen ist, vergessen. So lautet jedenfalls meine Entscheidung, wie immer es ausgeht.«

3

Im *Blades* aß M sein übliches mageres Mittagessen – eine gegrillte Doverscholle, danach einen Löffel möglichst reifen Stiltonkäse. Und wie gewöhnlich setzte er sich allein in einen der Fenstersitze und verbarrikadierte sich hinter der *Times* – gelegentlich wendete er eine Seite um, damit es so aussah, als ob er sie läse.

Porterfield jedoch bemerkte zu Lily, der Oberkellnerin, einem hübschen, sehr beliebten Schmuckstück des Clubs: »Heute ist mit dem alten Herrn etwas los. Etwas stimmt mit ihm einfach nicht.«

Porterfield hielt sich selber für einen Amateurpsychologen. Als Erster Kellner und Beichtvater vieler Mitglieder wußte er eine Menge über sie – er wiegte sich im Glauben, sie ganz zu kennen und so ihre Wünsche und Stimmungen vorausahnen zu können. Jetzt stand er mit Lily in einem ruhigen Moment hinter dem besten kalten Büfett, das es zur Zeit auf der Welt gab, und erklärte: »Sie kennen dieses scheußliche Zeug, das Sir Miles immer trinkt? Diesen algerischen Rotwein, den das Weinkomitee überhaupt nicht auf der Weinliste dulden dürfte. Sie haben ihn im Club nur Sir Miles zu Gefallen. Nun, er hat mir einmal erklärt, daß sie ihn bei der Marine den ›Wutmacher‹ nannten, denn wenn man zuviel davon trank, wurde man angeblich richtig wütend. In den zehn Jahren nun, die ich das Vergnügen habe, mich Sir Miles' anzunehmen, hat er nie mehr als eine halbe Flasche von diesem Zeug bestellt.«

Porterfields gütige, fast priesterliche Miene nahm einen Ausdruck theatralischer Feierlichkeit an, als habe er in den Teeblättern etwas wirklich Fürchterliches gelesen.

»Und was passiert heute?«

Lily schloß gespannt die Hände und beugte ihren Kopf näher, damit ihr kein Wort entging.

»Der alte Herr sagte: ›Porterfield, eine Flasche Wutmacher. Verstehen Sie? Eine ganze Flasche.‹ Selbstverständlich sagte ich nichts, sondern ging und brachte sie ihm. Aber merken Sie sich, was ich sage, Lily, heute vormittag hat Sir Miles einen harten Schlag erlitten, darüber gibt's gar keinen Zweifel.«

M verlangte seine Rechnung. Wie gewöhnlich zahlte er, was immer sie ausmachte, mit einer Fünfpfundnote, wegen des Vergnügens, als Wechselgeld neue Pfundnoten, neue Silber- und Kupfermünzen zu erhalten, denn es ist im *Blades* üblich, den Mitgliedern nur neues Geld zu geben. Porterfield schob den Tisch zurück, und M ging schnell zur Tür, wobei er gelegentliche Grüße mit gedankenverlorenem Nicken oder kurz erhobener Hand beantwortete.

Es war zwei Uhr.

Der alte schwarze Phantom-Rolls brachte ihn rasch nordwärts über den Berkeley Square, über Oxford Street und Wigmore Street zum Regent's Park.

M blickte nicht hinaus. Zum hundertstenmal, seit er an diesem Vormittag das Büro verlassen hatte, fragte er sich, ob seine Entscheidung richtig war. Wenn James Bond wieder gesund werden konnte, und M war sicher, daß dieser hervorragende Nervenarzt, Sir James Molony, es zustande bringen würde, so war es lächerlich, ihm einfach wieder normale Aufträge in der Doppelnull-Abteilung zu erteilen. Das Vergangene konnte vergeben werden, aber nicht vergessen – außer im Laufe der Zeit. Für die Eingeweihten würde es schwierig sein, Bond im Hauptquartier umhergehen zu sehen, als ob nichts vorgefallen wäre. Für M würde es doppelt schwierig sein, Bond über seinen Schreibtisch hinweg anzusehen. Und James Bond war, wenn es um den Direktbeschuß ging – M bediente sich der Schlachtschiffsprache –, ein höchst wirksames Geschütz. Nun, das Zielobjekt war vorhanden und mußte zerstört werden.

Bond hatte M vorgeworfen, er verwende ihn als Werkzeug. Selbstverständlich. Jeder Beamte im Geheimdienst war ein Werkzeug, das dem einen oder dem anderen geheimen Zweck diente. Das hier vorliegende Problem konnte nur durch Töten gelöst werden. James Bond hätte nicht die doppelte Null vor seiner Nummer, wenn er nicht als Schütze bedeutendes, oft erprobtes Talent besäße. Sei's drum! Um für die Vorfälle des Vormittags zu büßen, mußte Bond eben seine alten Fähigkeiten beweisen. Hatte er Erfolg, so würde er damit seine frühere Stellung wiedergewinnen. Scheiterte er, nun, dann war es wenigstens ein ehrenvoller Tod.

M stieg aus dem Wagen, fuhr mit dem Aufzug in den achten Stock und ging den Gang entlang, wobei er immer stärker den Geruch des unbekannten Desinfektionsmittels spürte, je näher er seinem Büro kam.

Statt seinen Schlüssel zum Privateingang am Ende des Ganges zu verwenden, ging M durch Miss Moneypennys Tür.

Sie saß an ihrem gewohnten Platz und tippte wie üblich die laufende Korrespondenz.

»Was stinkt denn da so schauderhaft, Miss Moneypenny?«
»Ich weiß nicht, wie es heißt, Sir. Der Sicherheitchef hat eine Gruppe von der Chemischen Kriegführung aus dem Kriegsministerium hergebracht. Er sagt, Ihr Büro sei wieder ganz in Ordnung, aber man solle noch eine Zeitlang die Fenster offenlassen. Ich habe daher die Heizung angedreht. Der Personalchef ist vom Lunch noch nicht zurück, er hat mir aber gesagt, ich solle Ihnen ausrichten, daß alles Ihrem Wunsch gemäß in Gang ist. Sir James operiert bis vier Uhr, aber nachher erwartet er Ihren Anruf. Hier ist die Akte, die Sie verlangt haben, Sir.«

M nahm die braune Mappe mit dem roten Geheimhaltungsstern in der rechten oberen Ecke.

»Wie geht es 007? Ist er inzwischen zu Bewußtsein gekommen?« Miss Moneypennys Gesicht war ausdruckslos.

»Ich nehme an, Sir. Der Arzt hat ihm ein Beruhigungsmittel gegeben, und er wurde während der Mittagszeit auf einer Bahre weggetragen. Er war zugedeckt. Sie brachten ihn im Lastenaufzug in die Garage. Ich hatte keine Anfragen.«

»Schön. Also bringen Sie mir bitte die Depeschen. Mit diesen häuslichen Aufregungen haben wir heute eine Menge Zeit vergeudet.«

M ging mit der Akte in sein Büro.

Miss Moneypenny brachte die Depeschen und stand pflichtgemäß daneben, während er sie durchging und gelegentlich eine Bemerkung oder eine Frage diktierte.

»Besten Dank. Jetzt lassen Sie mich eine Viertelstunde allein, dann kann ich mit jedem sprechen, der mich verlangt. Natürlich hat Sir James Vorrang.«

M öffnete die braune Mappe.

Er nahm seine Pfeife und begann sie geistesabwesend zu stopfen, während er die Liste der Ergänzungsakten durchging, um zu sehen, ob er sonst noch etwas brauche.

Dann zündete er ein Streichholz an, lehnte sich zurück und las:

»FRANCISCO (PACO) ›PISTOL‹ SCARAMANGA« und darunter, in kleineren Buchstaben: »Freiberuflicher Mörder, hauptsächlich im Auftrag des KGB über DSS Havanna, Kuba, aber häufig auch als unabhängiger Unternehmer für andere Organisationen tätig in der Karibik und den mittelamerikanischen Staaten. Hat besonders dem Geheimdienst, aber auch der CIA und anderen befreundeten Organisationen durch Mord und kunstgerechte Verwundung bedeutenden Schaden zugefügt, und zwar seit 1959, dem Jahr, in dem Castro zur Macht gelangte und das auch die Operationen Scaramangas ausgelöst zu haben scheint.

Wird in den genannten Gegenden, zu denen er trotz polizeilicher Vorkehrungen völlig freien Zutritt zu haben scheint, weithin gefürchtet und bewundert. Ist gewissermaßen ein Lokalmythos geworden, und man kennt ihn in seinem Gebiet als den ›Mann mit dem goldenen Colt‹ – ein Hinweis auf seine Hauptwaffe, einen langläufigen vergoldeten Spannschloß-45er-Colt. Er verwendet besondere Kugeln mit schwerem, weichem (24 Karat) Goldkern und Silberüberzug sowie Kreuzeinschnitt an der Spitze nach dem Dumdum-Prinzip zwecks maximaler Wundwirkung. Er stellt seine Munition selbst her und bearbeitet sie auch selbst.

Er hat den Tod von 267 (Britisch-Guayana), 398 (Trinidad), 943 (Jamaika) und 768 und 742 (Havanna) auf dem Gewissen sowie die Verwundung und daraufhin notwendig gewordene Pensionierung von 098, dem Gebietsinspektionsbeamten, durch Schußwunden in beide Knie. (Siehe obige Referenzen im Zentralregister der Opfer Scaramangas auf Martinique, Haiti und in Panama.)

BESCHREIBUNG: Alter etwa 35. Größe 1 Meter 88. Schlank und wohltrainiert. Augen hellbraun. Haar rötlich, Bürstenschnitt. Lange Koteletten. Hageres, finsteres Gesicht mit dünnem Bleistiftschnurrbart, bräunlich. Ohren sehr flach anliegend. Sehr große, kräftige, sorgfältig manikürte Hände.

Besondere Kennzeichen: etwa fünf Zentimeter unter seiner linken Brust eine dritte Brustwarze. (Bemerkung: bei Voodoo und verwandten Ortskulten wird das als Zeichen der Unverwundbarkeit und außergewöhnlich großer sexueller Potenz angesehen.)

Ist ein unersättlicher, aber wahlloser Weiberheld, der kurz vor einem Mord ausnahmslos sexuellen Verkehr pflegt, da er glaubt, daß das sein ›Auge‹ verbessert. (Bemerkung: dieser Glaube wird von vielen professionellen Tennisspielern, Golfern, Revolver- und Gewehrschützen und anderen geteilt.)

HERKUNFT: Angehöriger einer katalanischen Familie von Zirkusdirektoren gleichen Namens, mit der er seine Jugend verbrachte. Autodidakt. Im Alter von sechzehn Jahren, nach dem unten beschriebenen Vorfall, reiste er illegal in die Vereinigten Staaten ein, wo er als Mitglied verschiedener Banden kleine Verbrechen beging, bis er als vollgültiger Revolvermann beim ›Spangled Mob‹ in Nevada Aufnahme fand. Offiziell arbeitete er als Angestellter im Kasino des *Tiara-Hotels* in Las Vegas, fungierte jedoch in Wirklichkeit als Scharfrichter für Falschspieler und andere Missetäter innerhalb und außerhalb des ›Mob‹.

1958 mußte er infolge eines berühmten Duells mit seinem Gegenspieler bei der ›Detroit Purple Gang‹, einem gewissen Ramon ›Schießeisen‹ Rodriguez, das bei Mondlicht auf dem dritten Grün des Thunderbird-Golfplatzes in Las Vegas stattfand, aus den Staaten fliehen. (Scaramanga hatte zwei Kugeln ins Herz seines Gegners geschossen, bevor dieser einen einzigen Schuß abgegeben hatte. Entfernung zwanzig Schritt.)

Man nimmt an, daß er dafür vom ›Mob‹ hunderttausend Dollar bekommen hat.

Bereiste die ganze Gegend der Karibischen See, um Fluchtgelder verschiedener Interessenten aus Las Vegas zu investieren, und später, als sich sein Ruf für kühne und erfolgreiche Geschäfte mit Grundbesitz und Plantagen gefestigt hatte, das gleiche für Trujillo von Santo Domingo und Batista von Kuba zu besorgen. 1959 nahm er Wohnsitz in Havanna und begann, da er sah, wie der Wind blies, im Untergrund für die Castro-Partei zu arbeiten, während er nach außen hin noch ein Mann Batistas war. Nach der Revolution bekam er einen einflußreichen Posten bei der DSS, der kubanischen Geheimpolizei, als ausländischer ›Zwangsvollstrecker‹. Als solcher führte er die obengenannten Morde aus.

PÄSSE: Verschiedene, einschließlich eines kubanischen Diplomatenpasses.

VERKLEIDUNGEN: Keine. Sie sind unnötig. Der Mythos, der diesen Mann umgibt, gleichwertig etwa dem eines berühmten Filmstars, und die Tatsache, daß er kein Polizeiregister besitzt, haben ihm bisher völlige Bewegungsfreiheit und Sicherheit vor Störungen in ›seinem‹ Gebiet verliehen. In den meisten Insel- und Kontinentalrepubliken, die dieses Territorium bilden, besitzt er Gruppen von Bewunderern (zum Beispiel die ›Rastafaris‹ in Jamaika) und kontrolliert mächtige Interessenverbände, die ihm auf Verlangen Schutz und Hilfe gewähren.

Außerdem hat er als der scheinbare Käufer und gewöhnlich auch legale Strohmann für die obengenannten mit ›heißem Geld‹ erworbenen Besitzungen überall in seinem Gebiet berechtigten Zutritt, unterstützt durch seinen Status als Diplomat.

GELDMITTEL: Bedeutend, Umfang jedoch unbekannt.

Reist mit verschiedenen Kreditkarten nach Art des Diner's Club. Besitzt ein Nummernkonto beim Kredit-Bankverein, Zürich, und scheint keine Schwierigkeiten zu haben, nötigenfalls aus den mageren Beständen Kubas ausländische Zahlungsmittel zu erhalten.

MOTIVATION: (Kommentare von C. C.)«

M stopfte neuerlich seine Pfeife, die ausgegangen war, und zündete sie an.

Was er gelesen hatte, waren Routineinformationen, die ihm nichts Neues sagten. Die Kommentare würden interessanter sein.

C. C. stand für die Person eines früheren Königlichen Professors für Geschichte in Oxford, der im Hauptquartier eine – wie M fand – verwöhnte Existenz in einem kleinen, nach Ms Meinung überbequemen Büro führte. Zwischen – gleichfalls nach Ms Meinung – überluxuriösen und überlangen Mahlzeiten im *Garrick Club* schlenderte er ins Hauptquartier, untersuchte Akten wie diese da, stellte Fragen und ließ Erkundigungsdepeschen absenden, dann gab er sein Urteil ab. Aber M – trotz seiner Vorurteile gegen den Mann, seinen Haarschnitt, die Nachlässigkeit seiner Kleidung, gegen die offenbar vom Zufall bestimmten Methoden, die zu seinen Schlußfolgerungen führten – schätzte seinen scharfen Verstand, die Weltkenntnis, die C. C. in den Dienst seiner Aufgaben stellte, und – oft genug – die Treffsicherheit und

Genauigkeit seiner Beurteilungen.

Kurz, M las stets mit Vergnügen, was C. C. zu sagen hatte, und er nahm nun die braune Mappe mit erneutem Interesse zur Hand.

»Dieser Mann interessiert mich«, schrieb C. C., »und ich habe intensivere Nachforschungen als üblich anstellen lassen, da man nicht oft mit einem Geheimagenten zu tun hat, der in solchem Maß populär ist und doch gleichzeitig auf dem schwierigen, gefahrvollen Feld seiner Wahl – dem Dasein eines, volkstümlich ausgedrückt ›Mietrevolvers‹ – so außerordentlich erfolgreich zu sein scheint.

Ich glaube, möglicherweise den Ursprung seiner Vorliebe für das kaltblütige Töten von Menschen gefunden zu haben, von Männern, gegen die er keinerlei persönliche Feindseligkeit empfindet, und zwar in der folgenden merkwürdigen Anekdote aus seiner Jugend.

In dem Wanderzirkus seines Vaters, Enrico Scaramanga, hatte der Junge verschiedene Rollen auszufüllen. Er war ein ganz ausgezeichneter Kunstschütze, er war der Ersatzmann für den Untermann in der Akrobatikgruppe und nahm oft dessen Platz als Basis der ›menschlichen Pyramide‹ ein, und er war der Mahaut, mit prachtvollem Turban, indischer Kleidung und so weiter, der den Leitelefanten in einer Dreiergruppe ritt.

Dieser Elefant namens Max war ein Männchen, und es ist eine Eigenheit der männlichen Elefanten, daß sie mehrmals im Jahr in Brunst kommen. Während dieser Perioden formt sich hinter den Ohren des Tieres eine schleimige Ablagerung, die abgeschabt werden muß, da sie sonst das Tier heftig reizt. Während eines Besuches des Zirkus in Triest bildete sich bei Max diese Ablagerung, wurde aber übersehen.

Das ›Große Zelt‹ des Zirkus war am Rande der Stadt neben der Küstenlinie der Eisenbahn errichtet worden, und in der Nacht, die meiner Meinung nach das zukünftige Leben des jungen Scaramanga entscheidend beeinflussen sollte, wurde Max rasend, warf den Jungen ab und trampelte sich

31

unter entsetzlichem Brüllen seinen Weg durch das Publikum, verwundete viele Leute und rannte quer über das Gelände zur Bahnlinie, die er in vollem Tempo entlanggaloppierte.

Die Carabinieri wurden alarmiert und fuhren ihm im Auto die Hauptstraße entlang nach, die neben der Bahnlinie verläuft.

Schließlich erreichten sie das unglückliche Riesentier, dessen Zorn verraucht war und das friedlich dastand – in der Richtung, aus der es gekommen war.

Die Polizei wußte nicht, daß der Elefant, wenn sein Wärter gekommen wäre, sich jetzt friedlich in seinen Stall hätte zurückführen lassen, sondern eröffnete das Feuer und verletzte ihn oberflächlich an vielen Stellen mit Revolver- und Karabinerkugeln. Neuerlich wütend, rannte das unglückliche Tier wieder die Bahnlinie entlang – vom Polizeiauto verfolgt, aus dem der Geschoßhagel ununterbrochen fortgesetzt wurde.

Auf das Gelände zurückgekehrt, schien der Elefant sein ›Zuhause‹ zu erkennen, das ›Große Zelt‹, er wandte sich von der Bahnlinie ab, rannte durch die fliehenden Zuschauer hindurch zur Mitte der verlassenen Arena und setzte dort, vom Blutverlust geschwächt, seine unterbrochene Vorführung kläglich fort. Unter fürchterlichem Trompeten versuchte der vom Schmerz geplagte, tödlich verwundete Max immer wieder sich aufzurichten und auf einem Bein zu stehen.

Der junge Scaramanga, inzwischen mit seinen Pistolen bewaffnet, versuchte ein Lasso über den Kopf des Elefanten zu werfen, während er ihm in der ›Elefantensprache‹, mit der er ihn immer im Zaum hielt, zuredete.

Max erkannte offenbar den Jungen und – es muß wirklich ein erbarmungswürdiger Anblick gewesen sein – senkte den Rüssel, um ihn zu seinem gewohnten Sitz hinter dem Kopf hochzuheben.

Aber in diesem Augenblick stürzte die Polizei in den Sägespäenring, und ihr Hauptmann leerte seinen Revolver aus kürzester Entfernung ins rechte Auge des Elefanten, worauf Max sterbend umfiel.

Darauf zog der junge Scaramanga, der laut Presse sehr an dem Tier hing, eine seiner Pistolen, schoß dem Polizisten ins Herz und floh in die Menge der Umstehenden, verfolgt von den anderen Polizisten, die wegen der Menschenmenge nicht feuern konnten.

Es gelang ihm zu entkommen, er schlug sich nach Neapel durch und kam, wie oben erwähnt, als blinder Passagier nach Amerika. Ich sehe nun in diesem schrecklichen Erlebnis einen möglichen Grund für die Verwandlung Scaramangas in den bösartigsten Revolvermann der letzten Jahre. Ich glaube, daß an diesem Tag in ihm der kaltblütige Gedanke entstand, sich an der ganzen Menschheit zu rächen. Daß der Elefant Amok gelaufen war und viele Unschuldige niedergetrampelt hatte, daß der wirklich Verantwortliche sein Wärter war und die Polizei nur ihre Pflicht getan hatte, wurde von dem aus einer heißblütigen Familie stammenden Jungen, der so tief verletzt war, vergessen, aus dem Bewußtsein verdrängt.

Jedenfalls verlangt Scaramangas spätere Karriere nach einer Erklärung, und ich bin sicher, daß diese meine Annahme auf Grund der bekannten Tatsachen nicht als unrealistisch angesehen werden muß.«

M rieb sich mit dem Pfeifenkopf gedankenvoll die Nase. Tja, ganz gut möglich.

Er wandte sich wieder der Akte zu.

»Ich muß«, schrieb C. C., »über die angebliche sexuelle Potenz dieses Mannes im Hinblick auf seinen Beruf etwas bemerken. Nach einer Freudschen These, der ich mich anschließen möchte, ist die Pistole, ob sie nun in der Hand eines Amateurs oder eines berufsmäßigen Revolverhelden liegt, für den Besitzer ein Symbol der Männlichkeit – eine Verlängerung des männlichen Gliedes –, und das übertriebene Interesse für Schußwaffen (zum Beispiel Sammlungen in Clubs) ist eine Form des Fetischismus. Scaramangas Neigung zu einer besonders auffallenden Waffe und die

Verwendung von Kugeln aus Silber und Gold weisen, wie ich glaube, klar darauf hin, daß er ein Sklave dieses Fetisches ist. Und wenn ich damit recht habe, so bezweifle ich seine angebliche sexuelle Kraft, deren Mangel vielmehr sein Revolverfetisch entweder ersetzen oder kompensieren sollte.

Einem Artikel über diesen Mann im Magazin *Time* habe ich auch eine Tatsache entnommen, die meine Theorie unterstützt, daß Scaramanga möglicherweise sexuell anomal ist. In der Aufzählung seiner Eigenschaften notiert *Time* die Tatsache – ohne sie jedoch zu kommentieren –, daß der Mann nicht pfeifen kann. Nach einer volkstümlichen Ansicht hat ein Mann, der nicht pfeifen kann, homosexuelle Neigungen. Diese Ansicht entbehrt freilich jeder wissenschaftlichen Grundlage. (Was diesen Punkt anbelangt, so kann der Leser vielleicht aus eigener Kenntnis und Erfahrung diese Volksmeinung als richtig oder falsch erkennen helfen! C. C.«)

M hatte seit seiner Jugendzeit nicht mehr gepfiffen. Unbewußt spitzte er den Mund, und ein klarer Ton kam heraus. Er stieß ein ungeduldiges »Pah!« aus und las weiter.

»Ich wäre also nicht erstaunt zu erfahren, daß Scaramanga in Wirklichkeit nicht der Casanova ist, für den ihn das Volk hält. Wenden wir uns weiteren Folgerungen aus seiner Eigenschaft als Revolverheld zu, so betreten wir das Reich des Adlerschen Machttriebes als Kompensation für den Minderwertigkeitskomplex, und hier möchte ich einige gut formulierte Sätze zitieren, die aus dem Vorwort von Harold L. Petersons schön illustriertem ›Book of the Gun‹ (Buch über die Schußwaffe), erschienen bei Paul Hamlyn, stammen. Mr. Peterson schreibt:

›Unter der großen Anzahl von Dingen, die der Mensch zur Verbesserung seiner Lebensbedingungen erfunden hat, haben ihn wenige stärker fasziniert als die Schußwaffe. Ihre Funktion ist einfach; wie Oliver Winchester mit der Selbstzufriedenheit des 19. Jahrhunderts sagt: ,Ein Gewehr ist eine Maschine zum Werfen von Kugeln.' Aber ihre immer größer werdende Leistungsfähigkeit und ihre schrecken- und ehrfurchtgebietende Eigenschaft, auf große Entfernung zu treffen, haben ihr außerordentliche Anziehungskraft verliehen.

Denn der Besitz einer Schußwaffe und die Geschicklichkeit, sie zu verwenden, erhöhen die persönliche Macht des Schützen ungeheuerlich und vergrößern die Sphäre seines Einflusses und Erfolges tausendfach über die Länge seines Armes hinaus. Und da die Schußwaffe die Kraft in sich trägt, so kann der Mann, der sie handhabt, schwach sein, ohne deshalb benachteiligt zu sein. Das blitzende Schwert, die eingelegte Lanze, der gespannte Langbogen waren in ihrer Wirkung durch den Mann begrenzt, der sie hielt. Die Kraft der Schußwaffe liegt in ihr selbst und muß nur freigelassen werden. Ein sicheres Auge und genaues Zielen genügen. Wo immer die Mündung hinsieht, dorthin geht die Kugel und trägt des Schützen Wunsch oder Absicht schnell zum Ziel . . .

Vielleicht mehr als jedes andere Werkzeug hat die Schußwaffe das Leben der Völker und das Schicksal des Menschen geformt.‹« C. C. bemerkte dazu: »Die Unterstützung meiner Prämisse ist klar in Mr. Petersons gewundener Prosa ausgedrückt, und wenn ich auch in seinem Schlußabsatz das Gewehr durch die Druckerpresse ersetzen möchte, hat er doch die wesentlichen Punkte gut herausgearbeitet.

Scaramanga ist meiner Meinung nach ein Paranoiker in unterbewußter Auflehnung gegen die Vatergestalt (das heißt die Autorität) und ein Sexualfetischist mit möglicherweise homosexuellen Neigungen.

Er besitzt noch andere Eigenschaften, die sich aus dem früheren Zeugnis von selbst ergeben.

Abschließend und in Anbetracht des Schadens, den er dem Personal des Geheimdienstes bereits zugefügt hat, bin ich der Ansicht, daß seine Karriere mit größtmöglicher Eile beendet werden sollte – wenn nötig mit den unmenschlichen Mitteln, die er selbst anwendet, vorausgesetzt, es

kann ein Agent mit ebensoviel Mut und Geschicklichkeit gefunden werden.« Unterzeichnet: »C. C.«
Darunter hatte der Leiter der Abteilung für die Karibik und Mittelamerika geschrieben: »Einverstanden«, unterschrieben: »M. A.«, und der Personalchef darunter mit roter Tinte: »Notiert. P. C.«

M sah vielleicht fünf Minuten lang ins Leere.
Dann nahm er seine Feder und kritzelte mit grüner Tinte das Wort »Einsatz?«, gefolgt von einem gebieterischen »M«.
Dann saß er weitere fünf Minuten ganz still und fragte sich, ob er James Bonds Todesurteil unterzeichnet hatte.

4

Es gibt nichts Trostloseres als den Internationalen Flugplatz in Kingston, Jamaika, an einem heißen Nachmittag. Alles Geld war dazu verwendet worden, die Landebahn bis zum Hafen hinaus zu verlängern, damit auch die großen Düsenjets den Platz anfliegen können, und für die Bequemlichkeit der Passagiere war dabei wenig übriggeblieben. James Bond war vor einer Stunde mit einem BWIA-Flug aus Trinidad angekommen, nun mußte er zwei Stunden auf seinen Anschluß nach Havanna warten. Er hatte Jackett und Krawatte ausgezogen und sich auf eine harte Bank gesetzt. Düster betrachtete er den Kiosk mit seinen teuren Parfums, Likören und kitschigen Andenken.
Er hatte im Flugzeug zu Mittag gegessen, Drinks konnte er jetzt keine bekommen, und es war zu heiß und zu weit, um ein Taxi nach Kingston hinein zu nehmen, selbst wenn er es gewollt hätte.
Er wischte sich mit dem bereits schweißgetränkten Taschentuch über Gesicht und Hals und fluchte leise.
Nur zwei weitere Fluggäste saßen in der »Halle«, vielleicht

Kubaner, mit Palmenfasergepäck. Ein Mann und eine Frau. Sie saßen nahe beieinander an der gegenüberliegenden Wand und starrten gebannt auf James Bond. Die beklemmende Atmosphäre verstärkte sich intensiv.

Bond stand auf und ging zu dem Laden hinüber.

Er kaufte einen *Daily Gleaner* und setzte sich wieder.

Der *Gleaner* war wegen der inkonsequenten und gelegentlich bizarren Auswahl seiner Nachrichten eine der Lieblingszeitungen Bonds. Fast die ganze Titelseite dieses Tages war dem neuen Gesetz gewidmet, das den Konsum, den Verkauf und den Anbau von Ganja, der ortsüblichen Form von Marihuana, verhüten sollte. Die sensationelle Tatsache, daß de Gaulle soeben seine diplomatische Anerkennung Rotchinas verkündet hatte, war ganz unten auf die Seite verbannt worden.

Bond las die ganze Zeitung – »Lokalnachrichten« und alles übrige – mit der minuziösen Sorgfalt der Verzweiflung. Sein Horoskop verkündete:

»NUR MUT! Der heutige Tag wird eine angenehme Überraschung bringen und die Erfüllung eines langgehegten Wunsches. Aber Sie müssen Ihr Glück verdienen, indem Sie nach der goldenen Möglichkeit eifrig Ausschau halten und, wenn sie sich zeigt, mit beiden Händen zugreifen.«

Bond lächelte grimmig. Es war unwahrscheinlich, daß er an seinem ersten Abend in Havanna gleich auf Scaramangas Spur stoßen würde. Es war nicht einmal sicher, daß Scaramanga überhaupt dort war. Es war eine letzte Chance. Seit sechs Wochen hatte Bond seinen Mann quer durch die Karibik und Mittelamerika verfolgt. In Trinidad hatte er ihn um einen Tag verpaßt und in Caracas nur um ein paar Stunden. Jetzt hatte er sich etwas widerwillig entschlossen, ihn in seiner Heimat aufzustöbern, die Bond kaum kannte.

Er hatte sich aber jedenfalls in Britisch-Guayana mit einem Diplomatenpaß ausgerüstet und war nun der »Kurier« Bond mit wundervoll gedruckten Instruktionen von Ihrer Majestät, die jamaikanische Diplomatentasche in Havanna abzuholen und mit ihr zurückzukehren.

Er hatte sich sogar ein Exemplar des berühmten Silbernen Windhundes ausgeborgt, dem Abzeichen der britischen Kuriere seit dreihundert Jahren.

Wenn er seinen Auftrag erledigen konnte und dann ein paar hundert Meter Vorsprung gewann, würde ihm das wenigstens Zuflucht in der britischen Gesandtschaft verschaffen.

Wenn er seinen Mann finden konnte.

Wenn er seine Instruktionen ausführen konnte.

Wenn er lebend vom Schauplatz der Schießerei entkommen konnte.

Wenn, wenn, wenn . . .

Bond kam zu den Anzeigen auf der letzten Seite.

Sofort fiel ihm eine auf. Sie war so typisch Alt-Jamaika. Er las folgendes:

ZUM VERKAUF DURCH VERSTEIGERUNG

77 Harbour Street, Kingston

am MITTWOCH, 28. MAI,

um 10.30 Uhr vormittags

laut Verkaufsvollmacht aus der Hypothek

von Cornelius Brown et ux

Liebesstraße No. 3$\frac{1}{2}$

SAVANNAH LA MAR

Beinhaltend das umfangreiche Wohnhaus sowie das ganze Grundstück laut Vermessung drei Ketten und fünf Ruten an der Nordgrenze, fünf Ketten und eine Rute an der südlichen Grenze, zwei Ketten genau an der Ostgrenze und vier Ketten und zwei Ruten an der Westgrenze angrenzend im Norden an Liebesstraße No. 4

C. D. ALEXANDER CO. LTD.

77 HARBOUR STREET KINGSTON

TELEFON 4897

James Bond war entzückt. Er hatte viele Aufträge in Jamaika gehabt und viele Abenteuer auf der Insel erlebt. Die wunderschöne Adresse und das ganze Vermessungszeug mit Ketten und Ruten und der altmodische Klimbim am Ende der Anzeige brachte ihm den Duft einer der ältesten und romantischsten der ehemaligen britischen Besitzungen zurück. Er wollte seinen letzten Dollar verwetten, daß trotz der neuerrungenen »Unabhängigkeit« die Statue der Königin Viktoria im Zentrum von Kingston nicht zerstört oder in ein Museum gebracht worden war, wie es mit ähnlichen Überbleibseln einer geschichtlichen Kindheit in den afrikanischen Staaten geschehen war.

Er sah auf die Uhr.

Der *Gleaner* hatte ihm eine volle Stunde vertrieben. Er nahm seinen Rock und die Aktentasche. Nicht mehr lange! Er ging in den hochtrabend als »Flughafen-Sammelhalle« bezeichneten Raum. Die Schalter vieler Fluglinien standen leer, und Propagandablätter und kleine Fluggesellschaftsfähnchen sammelten den von der Mangrovenbrise hereingewehten Staub. In der Mitte der übliche Stand mit Botschaften für ankommende und abfliegende Passagiere.

Wie gewöhnlich war Bond neugierig, ob etwas für ihn da war. In seinem ganzen Leben war noch nie etwas dagewesen.

Automatisch überblickte er die verschiedenen Umschläge, die unter einzelnen Anfangsbuchstaben standen.

Unter »B« war nichts, auch nichts unter »H« für seinen Decknamen »Hazard Mark« vom »Transworld Consortium«, dem Nachfolger der alten »Universal Export«, die kürzlich als Deckfirma für den Geheimdienst aufgelöst worden war. Nichts. Gelangweilt blickte er auf die anderen Umschläge.

Plötzlich erstarrte er.

Er sah sich gleichgültig, ungezwungen, um. Das kubanische Paar war nicht zu sehen. Auch sonst sah niemand her. Er wickelte sein Taschentuch um eine Hand und nahm den braunen Umschlag mit der Adresse »Scaramanga, BOAC-Passagier aus Lima« an sich.

Ein paar Sekunden blieb er abwartend stehen, dann ging er langsam zu der Tür mit der Aufschrift »Herren«.

39

Er schloß die Tür und setzte sich.

Der Umschlag war nicht verschlossen. Er enthielt ein BWIA-Nachrichtenformular, auf dem in deutlicher Schrift stand: »Botschaft aus Kingston erhalten 13.15; die Muster werden ab morgen mittag bei S. L. M. Nr. 3½ bereitstehen.« Keine Unterschrift.

Bond stieß ein kurzes triumphierendes Lachen aus. S. L. M. – Savannah La Mar. Konnte es das sein? Das mußte es sein! Was hatte sein Horoskop im *Gleaner* gesagt? Nun, er würde alles auf diesen Anhaltspunkt aus dem Weltall setzen – mit beiden Händen danach fassen, wie der *Gleaner* empfohlen hatte.

Er las die Botschaft nochmals, dann steckte er sie sorgfältig wieder in den Umschlag.

Sein feuchtes Taschentuch hatte auf dem braunen Papier Spuren hinterlassen. Sie würden bei dieser Hitze in wenigen Minuten getrocknet sein.

Er verließ die Toilette und schlenderte hinüber zum Stand. Niemand war zu sehen.

Er steckte den Umschlag wieder an seinen Platz unter »S«, dann ging er zum Schalter der Kubanischen Fluglinie und annullierte seine Reservierung.

Am Schalter der BOAC studierte er den Flugplan. Ja, der Flug aus Lima nach Kingston, New York und London war für den nächsten Tag, 13.15 Uhr, angesagt.

Er würde Hilfe brauchen.

Er erinnerte sich an den Namen des Leiters der Station J. Er ging zur Telefonzelle und ließ sich mit dem Büro des Hochkommissars verbinden. Er verlangte Commander Ross.

Nach kurzer Zeit meldete sich eine Frauenstimme:

»Hier ist die Assistentin von Commander Ross. Kann ich Ihnen behilflich sein?«

Die Stimme kam ihm irgendwie bekannt vor. »Könnte ich Commander Ross sprechen? Hier ist ein Freund aus London«, sagte er.

»Commander Ross ist leider nicht in Jamaika. Kann ich

vielleicht irgend etwas für Sie tun?« Dann kam eine Pause.
»Wie, sagten Sie doch, war der Name?«
»Ich habe keinen Namen genannt. Aber ich heiße . . .«
Die Stimme unterbrach ihn aufgeregt: »Sagen Sie's nicht!
Sie sind James!«
Bond lachte. »Jawohl! Aber das ist doch Mary Goodnight!
Was, zum Teufel, tun Sie denn hier?«
»Mehr oder weniger das gleiche, was ich für Sie getan habe.
Ich hörte, Sie seien zurück, aber ich dachte, Sie wären
krank oder so ähnlich. Das ist doch einfach herrlich! Aber
von wo sprechen Sie eigentlich?«
»Flughafen Kingston. Und nun hören Sie zu, meine Liebe.
Ich brauche Hilfe. Wir können später über alles sprechen.
Können Sie rasch notieren?«
»Gewiß. Warten Sie, ich nehme einen Bleistift. So, jetzt.«
»Zuerst brauche ich einen Wagen. Irgendwas mit Rädern.
Dann brauche ich den Namen des leitenden Mannes bei
Frome, Sie wissen, die WISCO-Anlage drüben in Savan-
nah La Mar. Eine Karte in großem Maßstab von diesem
Gebiet und hundert Pfund Jamaikageld. Dann seien Sie ein
Engel und rufen Sie die Auktionsfirma Alexander an und
finden alles, was Sie können, über einen Besitz heraus,
dessen Verkauf im heutigen *Gleaner* angekündigt wird.
Sagen Sie, Sie seien eventuell Käuferin. Liebesstraße 3½.
Sie werden die Einzelheiten schon in Erfahrung bringen.
Dann möchte ich, daß Sie zu *Morgan's Harbour* hinauskom-
men. Ich fahre jetzt gleich hin, um dort die Nacht zu
verbringen. Wir werden miteinander zu Abend essen und
uns Geheimnisse erzählen, bis der Morgen über den
Blauen Bergen graut. Geht das?«
»Natürlich. Aber das müssen verdammt viele Geheimnisse
sein. Was soll ich anziehen?«
»Etwas, das an den richtigen Stellen schön anliegt. Nicht zu
viele Knöpfe.«
Sie lachte. »Wenn ich noch gezweifelt hätte, daß Sie es sind,
James – jetzt nicht mehr. Also, ich werde sehen, daß ich
alles erledigen kann. Wir treffen uns um sieben. Auf

Wiedersehen!«

Nach Luft schnappend verließ James Bond die Schwitzkiste. Er wischte sich mit dem Taschentuch über Gesicht und Hals. Verdammt noch mal! Mary Goodnight, seine Lieblingssekretärin aus den alten Zeiten der oo-Abteilung! Im Hauptquartier hatten sie gesagt, sie sei im Ausland. Vielleicht hatte sie sich für eine Versetzung gemeldet, als er als vermißt galt.

Jedenfalls, was für ein glücklicher Zufall! Jetzt hatte er eine Verbündete, jemanden, den er kannte. Der gute alte *Gleaner*!

Er holte seinen Koffer vom Schalter der Kubanischen Fluggesellschaft, ging hinaus, rief ein Taxi und ließ sich zu *Morgan's Harbour* fahren. Der Luftzug der offenen Fenster erfrischte ihn. Das kleine Hotel liegt beim Port Royal am Ende der Palisaden. Der Besitzer, ein Engländer, der früher auch beim Geheimdienst gewesen war und Bonds Beruf erriet, freute sich, ihn zu sehen. Er führte Bond in ein bequemes Zimmer mit Klimaanlage und Blick auf das Hafenbecken von Kingston.

»Was ist es diesmal?« fragte er. »Kubaner oder Schmuggler? Das sind heutzutage die beliebtesten Zielscheiben.«

»Bin nur auf der Durchreise. Haben Sie Hummer?«

»Gewiß.«

»Seien Sie doch so nett und richten Sie uns zwei zum Abendessen her. Gekocht, mit zerlassener Butter. Und einen Topf von Ihrer lächerlich teuren Gänseleber. Ja?«

»In Ordnung. Eine Feier? Champagner auf Eis?«

»Guter Gedanke. Jetzt muß ich duschen und ein wenig schlafen. Dieser Flughafen in Kingston bringt einen um.«

James Bond erwachte um sechs.

Zuerst wußte er nicht, wo er war. Er lag da und erinnerte sich. Sir James Molony hatte ihn darauf aufmerksam gemacht, daß sein Gedächtnis noch eine Zeitlang träge arbeiten würde.

Die Elektroschockbehandlung im »Park«, einem sogenannten »Rekonvaleszentenheim« auf einem großen Besitz in Kent, war hart gewesen. Vierundzwanzig Stöße aus der schwarzen Kiste gegen sein Gehirn in dreißig Tagen.

Als es vorbei war, hatte Sir James eingestanden, daß er, wenn er in Amerika praktizieren würde, nicht mehr als achtzehn Schocks hätte verabreichen dürfen.

Zuerst hatte Bond Angst gehabt beim Anblick der schwarzen Kiste und der beiden Kathoden, die an seine Schläfen gelegt werden sollten. Er hatte gehört, daß Leute, die mit Schock behandelt wurden, festgeschnallt werden mußten, weil ihre verkrampften, zuckenden Körper durch die elektrische Spannung oft von den Operationstischen geschleudert wurden. Aber das war offenbar veraltet. Jetzt gab es Pentazol-Injektionen, und Sir James sagte, der Körper bewege sich danach überhaupt nicht, bis auf ein leichtes Zucken der Augenlider.

Und das Resultat war wunderbar.

Nachdem der nette, ruhige Arzt ihm erzählt hatte, was in Rußland mit ihm angestellt worden war, und nachdem er die Gewissensqual erduldet hatte, als er erfuhr, was er M beinahe angetan hätte, war der alte heftige Haß gegen den KGB wieder in ihm erwacht. Sechs Wochen nach seiner Einlieferung im »Park« wollte er nichts, als wieder gegen die Leute losgehen, die sein Gehirn für ihre mörderischen Absichten mißbraucht hatten. Und dann war seine körperliche Rehabilitierung gekommen, und er mußte eine Menge Schießübungen auf der Polizei-Schießstätte Maidstone absolvieren.

Dann endlich war der Personalchef erschienen und hatte ihm alles erklärt, hatte den Tag mit ihm verbracht und ihm seine Befehle gegeben, das Gekritzel in grüner Tinte mit der Unterschrift »M«, das ihm viel Glück wünschte. Die Fahrt zum Londoner Flughafen war aufregend gewesen – der Weg in die Welt hinaus war für Bond wieder offen.

Bond nahm wieder eine Dusche, zog Hemd, Sporthosen und Sandalen an und ging hinüber zu der kleinen Bar am

Strand; er bestellte einen doppelten Walker de Luxe Bourbon auf Eiswürfeln und sah den Pelikanen zu, die nach ihrem Abendessen tauchten.

Dann nahm er noch einen Drink mit Soda, um das Ganze etwas abzuschwächen; dabei dachte er an Liebesstraße No. 3½, woraus die Muster wohl bestünden und wie er Scaramanga zu Fall bringen könnte.

Das hatte ihm Sorgen gemacht, seit er seinen Auftrag erhalten hatte.

Alles gut und schön – er sollte den Mann erledigen, aber James Bond hatte nie gern kaltblütig getötet, und einen Mann zum Ziehen der Waffe herauszufordern, der wahrscheinlich der schnellste Schütze der Welt war, das mußte Selbstmord bedeuten.

Nun, er mußte einfach abwarten, wie die Karten fielen.

Als erstes mußte er seinen Decknamen in Ordnung bringen.

Er würde seinen Diplomatenpaß bei Goodnight lassen. Jetzt würde er Mark Hazard vom »Transworld Consortium« sein, dieser großartig vagen Bezeichnung, hinter der sich jede erdenkliche Tätigkeit verbergen konnte.

Er würde mit der Westindischen Zuckerkompanie zu tun haben, denn das war, abgesehen von Kaiser Bauxit, das einzige Unternehmen, das es in den verhältnismäßig verlassenen Gebieten des westlichen Jamaika gab.

Es bestand auch noch das Negril-Projekt zum Ausbau eines der schönsten Strände der Welt. Den Anfang hatte die Errichtung des *Thunderbird-Hotels* gemacht. Er konnte als reicher Mann auftreten, der sich nach einem Bauplatz umsah.

Das Feuer des Sonnenuntergangs flammte kurz im Westen, und die glühendrote See kühlte sich zu einem mondbeleuchteten Eisengrau ab.

Ein nackter Arm, nach »Chanel No. 5« duftend, schlang sich um seinen Hals, und warme Lippen küßten seinen Mundwinkel.

Als er nach dem Arm griff, um ihn festzuhalten, sagte eine

atemlose Stimme: »O James! Entschuldigen Sie, aber ich
mußte es tun! Es ist so wundervoll, Sie wiederzusehen!«
Bond griff unter das weiche Kinn, hob ihren Mund hoch
und küßte sie voll auf die halbgeöffneten Lippen.
Er sagte: »Warum haben wir früher nie an so etwas
gedacht, Goodnight? Drei Jahre mit nur einer Tür zwischen
uns! Woran müssen wir nur gedacht haben?«
Sie trat einen Schritt zurück.
Ihr goldener Haarschopf fiel leuchtend über den Nacken
zurück. Sie hatte sich nicht verändert. Wie immer trug sie
nur eine Spur von Make-up, aber ihr Gesicht war jetzt
goldfarben von der Sonne, und die weit auseinanderstehenden blauen Augen, die im Mondlicht glänzten, blickten
ihn herausfordernd an.
Nur die Kleider waren anders als früher.
Statt des strengen Rocks und der Bluse aus den Tagen im
Hauptquartier trug sie jetzt ein kurzes, einteiliges Kleid –
orangerosa wie die Innenseite einer Seemuschel. Es lag
ganz eng um Brust und Hüften, und eine einreihige
Perlenschnur schmückte es.
Bei seinem prüfenden Blick lächelte sie.
»Die Knöpfe sind hinten. Das ist die Standarduniform für
tropische Stationen.«
»Ich kann mir genau vorstellen, wie Abteilung Q sie
ausgedacht hat. Ich nehme an, eine der Perlen enthält eine
Todespille.«
»Natürlich. Ich kann mich bloß nicht erinnern, welche. Ich
werde also die ganze Kette verschlucken müssen. Kann ich
bitte statt dessen einen Daiquiri haben?«
Bond bestellte.
»Tut mir leid, Goodnight. Meine Manieren lassen nach. Ich
war geradezu benommen. Es ist so fabelhaft, Sie hier zu
finden. Und ich habe Sie vorher nie in einer solchen
Arbeitskleidung gesehen.«
Ihr Drink kam.
Sie schlürfte ihn vorsichtig. Bond erinnerte sich, daß sie
selten trank und nicht rauchte. Er bestellte noch einen

Drink für sich und fühlte sich ein wenig schuldbewußt, weil das sein dritter doppelter war.

»Nun also, erzählen Sie mir, was es Neues gibt. Wo ist Ross? Wie lange sind Sie schon hier? Konnten Sie alles erledigen, was ich Ihnen aufgetragen habe?«

Mary Goodnight wußte, daß er als erstes die letzte Frage beantwortet haben wollte.

Sie griff in ihre einfache Strohhandtasche und reichte ihm einen dicken Briefumschlag.

»Größtenteils gebrauchte Einer, ein paar Fünfer. Soll ich Sie direkt belasten oder über Spesen?« sagte sie.

»Direkt, bitte.«

»Der Wagen steht draußen. Erinnern Sie sich an Strangways? Nun, es ist sein alter Sunbeam Alpine. Die Station hat ihn gekauft, und ich verwende ihn jetzt. Der Tank ist voll, und er fliegt wie ein Vogel.

Der leitende Mann bei Frome ist ein gewisser Tony Hugill. Früher Marine. Netter Mann, nette Frau, nette Kinder. Arbeitet gut. Hat eine Menge Unannehmlichkeiten mit Zuckerrohrbränden und anderen kleinen Sabotageakten – meist Thermitbomben, die aus Kuba hereinkommen. Kubas Zuckerernte ist der Hauptkonkurrent von Jamaika, und durch den Hurrikan Flora und all den Regen wird die diesjährige Ernte in Kuba nur drei Millionen Tonnen betragen und außerdem sehr spät fallen, da die Regenfälle den Zuckergehalt verheerend beeinträchtigt haben.«

Sie zeigte ihr breites Lächeln.

»Das sind keine Geheimnisse. Nur den *Gleaner* gelesen. Es lohnt sich also für Castro, den Weltmarktpreis möglichst hochzuhalten, indem er soviel Schaden wie möglich in den Konkurrenzernten anrichtet. Auf diese Weise gewinnt er eine bessere Position für seinen Handel mit Rußland. Er hat nur seinen Zucker zu verkaufen und braucht dringend Lebensmittel. Dieser Weizen zum Beispiel, den die Amerikaner den Russen verkaufen – ein Großteil davon wird seinen Weg zurück nach Kuba finden.«

Sie lächelte wieder.

»Ziemlich verdrehtes Geschäft, nicht? Ich glaube nicht, daß sich Castro noch lange halten wird. Die Raketengeschichte in Kuba muß Rußland rund eine Milliarde Pfund gekostet haben. Und jetzt müssen sie Geld und Waren nach Kuba pumpen, nur um das Land auf den Beinen zu halten. Ich kann mir nicht helfen, ich glaube, sie werden über kurz oder lang abziehen und Castro den Weg gehen lassen, den Batista gegangen ist. Das Land ist stark katholisch, und man hat den Hurrikan Flora als eine Art Gottesurteil angesehen. Fünf Tage lang ist er über der Insel geblieben und hat sie einfach durchgepeitscht. Kein Hurrikan in der Geschichte hat sich je so benommen. Die Kirchgänger betrachten ein solches Omen als ausdrücklich gegen das Regime gerichtet.«

Bond sagte bewundernd: »Goodnight, Sie sind ein Schatz. Sie haben Ihre Hausaufgaben wirklich gemacht.«

Die blauen Augen blickten ihn ernst an und wichen dem Kompliment aus.

»Damit lebe ich hier, das gehört zur Station. Was ich erzählt habe, erklärt diese Zuckerbrände bei WISCO. Zumindest glauben wir das. Offenbar ist in der ganzen Welt ein gigantisches Schachspiel um Zucker im Gange.«

Sie nahm einen Schluck von ihrem Drink.

»Also, das ist alles über Zucker. Dieser Hugill wird Ihnen entgegenkommen, er war während des Kriegs beim Marinegeheimdienst, weiß also, was gespielt wird. Der Wagen ist ein wenig alt, aber noch recht schnell und wird Sie nicht im Stich lassen. Er ist ziemlich abgenutzt, also nicht auffallend. Die Karte hab ich ins Handschuhfach gelegt.«

»Sehr gut. Nun die letzte Frage, dann gehen wir essen und erzählen einander unsere Lebensgeschichte. Übrigens, was ist mit Ihrem Chef Ross?«

Mary Goodnight sah bekümmert aus.

»Um die Wahrheit zu sagen, ich weiß es nicht genau. Er ist letzte Woche mit einem Auftrag nach Trinidad gefahren. Sollte einen Mann namens Scaramanga aufspüren. Das ist

47

eine Art lokaler Revolverheld, ich weiß nicht viel über ihn. Das Hauptquartier hat es offenbar aus irgendeinem Grund auf ihn abgesehen.«

Sie lächelte bedauernd. »Mir erzählt man nie etwas Interessantes; ich bin nur das Arbeitstier. Also, Commander Ross hätte vor zwei Tagen zurück sein sollen, ist aber nicht erschienen. Ich habe eine dringende Warnung abgeschickt, erhielt aber den Bescheid, ihm noch eine Woche Zeit zu lassen.«

»Nun, ich bin froh, daß er nicht da ist. Seine Nummer zwei ist mir lieber. Letzte Frage: Was ist mit dieser Liebesstraße No. $3\frac{1}{2}$? Haben Sie etwas erfahren?«

Mary Goodnight errötete.

»Und ob! Da haben Sie mir etwas Schönes eingebrockt. Alexanders waren zugeknöpft, und schließlich mußte ich zur Spezialabteilung gehen. Ich werde mich dort wochenlang nicht zeigen können. Der Himmel weiß, was sie von mir denken müssen. Das Haus ist ein ... ein äh ...« Sie rümpfte die Nase. »Es ist ein berühmt berüchtigtes Haus in Sav' La Mar.«

Bond lachte laut über ihre Verwirrung. »Sie meinen, es ist ein Bordell?«

»Genau das meine ich.«

5

Die Südküste von Jamaika ist nicht so schön wie die nördliche, und die hundertachtzig Kilometer von Kingston nach Savannah La Mar führen über Straßen von sehr unterschiedlichem Zustand.

Mary Goodnight hatte darauf bestanden mitzukommen, ». . . um zu lotsen und bei den Reifenpannen mitzuhelfen«. Spanish Town, May Pen, Alligator Pond, Black River, *Whitehouse Inn*, wo sie zu Mittag gegessen hatten – sie waren unter der glühenden Sonne dahingerollt, bis sie gegen vier Uhr nachmittags eine gute, gerade Straße zu netten, kleinen Villen brachte, jede mit ihrem Fleck bräunlichen Rasens, Bougainvillea und einem Beet mit Camalilien und Croton, aus denen die »elegante« Vorstadt der bescheidenen kleinen Küstenstadt besteht, die im Volksmund Sav' La Mar heißt. Außer dem alten Teil an der Küste ist es keine typische Stadt auf Jamaika und auch keine sehr anziehende.

Bond hielt bei der ersten Garage an, tankte und setzte Mary Goodnight zur Rückfahrt in einen Leihwagen.

Er hatte ihr nichts von seinem Auftrag erzählt, und sie hatte keine Fragen gestellt.

Bond hatte nur gesagt, er werde mit ihr in Verbindung bleiben, wenn er könne, und zu ihr zurückkommen, sobald seine Arbeit erledigt sei; dann fuhr sie die staubige Straße hinunter, und Bond fuhr langsam zur Küste.

Er fand die Liebesstraße, eine schmale Straße mit halbverfallenen Läden und Häusern, die sich vom Hafen zurück in die Stadt schlängelte.

Er fuhr langsam weiter, um sich die Umgebung einzuprägen, dann stellte er seinen Wagen auf einem verlassenen Platz ab, neben dem Sandfleck, auf dem Fischerboote an Pfählen festgemacht waren.

Er schloß den Wagen ab und schlenderte zurück in die Liebesstraße. Es gab da ein paar arme Leute, Fischer und dergleichen. Bond kaufte ein Päckchen Royal Blend in einem kleinen Gemischtwarengeschäft, in dem es nach Gewürzen roch. Er fragte, wo Nummer $3\frac{1}{2}$ liege und wurde höflich-neugierig gemustert. »Ein Stück Straße hoch. Vielleicht zwanzig Meter. Großes Haus rechts.«

Bond ging auf die Schattenseite hinüber und schlenderte weiter. Er schlitzte das Päckchen mit dem Daumennagel auf und zündete sich gemächlich eine Zigarette an, während er das Haus betrachtete – wie ein müßiger Tourist, der sich einen Winkel des alten Jamaika ansieht.

Früher einmal mußte es ein schönes Haus gewesen sein, vielleicht das Privathaus eines Großkaufmanns. Es war zwei Stockwerke hoch, mit Balkonen rundherum, aus

Holz gebaut mit silberglänzenden Schindeln. An den Jalousien, die alle Fenster im Obergeschoß und die meisten vom unteren verschlossen, war kaum mehr eine Spur von Farbe. Das Fleckchen »Hof« an der Straße wurde von einigen geierhälsigen Hühnern und von drei ausgehungerten, schwarzbraunen jamaikanischen Promenadenmischungen bewohnt. Sie blickten träge über die Straße, kratzten sich und schnappten nach unsichtbaren Fliegen.

Aber im Hintergrund stand ein wunderschöner Guajakbaum in voller Blütenpracht. Bond hielt ihn für ebenso alt wie das Haus – vielleicht fünfzig Jahre. In seinem Schatten saß ein Mädchen in einem Schaukelstuhl und las in einem Magazin. Auf dreißig Meter Entfernung sah sie nett und hübsch aus. Bond ging auf der gegenüberliegenden Straßenseite weiter, bis ihn eine Ecke des Hauses vor dem Mädchen verbarg. Dann blieb er stehen und betrachtete das Gebäude genauer.

Eine Holztreppe führte zur offenen Eingangstür hinauf. Über der Tür entdeckte er auf einem großen emaillierten Metallschild die Nummer »$3^1/2$«. Das Fenster links neben der Tür hatte geschlossene Läden, durch die verstaubte Glasscheibe des rechten konnte man Tische, Stühle und einen Bartisch erkennen.

Auf einem wackligen Schild über der Tür stand »Traumland-Café« in sonngebleichten Lettern, um das Fenster klebten bunte Reklamen für Red-Stripe-Bier, Royal Blend und Coca-Cola. Ein handgemaltes Schild verkündete »Imbiß«, und darunter stand »Täglich frische heiße Hühnersuppe«.

Bond überquerte die Straße, ging die Treppe hinauf und schob den Glasperlenvorhang auseinander, der vor dem Eingang hing. Er ging an die Bar und sah sich an, was es da gab; einen Teller mit trocken aussehendem Ingwergebäck, einen Berg verpackte Bananenkeks und ein paar Gläser mit Bonbons. Dann hörte er draußen schnelle Schritte.

Das Mädchen aus dem Garten trat ein. Hinter ihr schlugen

leise die Perlenschnüre zusammen.

Sie war ein Mischling mit einem Achtel Negerblut, hübsch, wie in Bonds Vorstellung eine Mulattin zu sein hatte. Sie besaß kecke braune Augen, an den Winkeln ein wenig hochgezogen, unter Fransen von seidig schwarzem Haar. (Bond vermutete, daß es irgendwo in ihrem Stammbaum auch Chinesenblut gegeben haben müsse.) Sie trug einen kurzen Rock in auffälligem Rosa, das aber zu dem Milchkaffeeton ihrer Haut gut paßte. Ihre Hand- und Fußgelenke waren schmal.

Sie lächelte höflich, die Augen flirteten.

»Abend.«

»Guten Abend. Könnte ich ein Red Stripe haben?«

»Gern.«

Sie ging hinter die Theke und ließ ihn kurz ihre hübschen Brüste sehen, als sie sich zur Tür des Kühlschranks bückte. Sie stieß die Tür mit dem Knie wieder zu, öffnete geschickt die Flasche und stellte sie auf den Bartisch neben ein beinahe sauberes Glas. »Das macht einen Shilling und sechs.«

Bond zahlte.

Sie legte das Geld in die Registrierkasse. Bond zog einen Stuhl an die Theke und setzte sich.

Sie legte ihre Arme auf die Holzleiste und sah zu ihm hinüber. »Auf der Durchfahrt?«

»Mehr oder weniger. Ich sah im gestrigen *Gleaner*, daß der Besitz hier zum Verkauf steht. Ich wollte ihn mir ansehen. Nettes großes Haus. Gehört es Ihnen?«

Sie lachte. Sie war ein hübsches Mädchen, aber die Zähne waren durch das Kauen von rohem Rohrzucker abgeschliffen. Es war ein Jammer.

»Das wär zu schön! Ich bin hier, na, so eine Art Geschäftsführerin. Das ist das Café. Außerdem gibt es hier noch andere Attraktionen. Vielleicht haben Sie schon davon gehört.«

Bond machte ein erstauntes Gesicht. »Nein, was für Attraktionen?«

»Mädels. Oben sind sechs Schlafzimmer. Sehr sauber.

Kostet nur ein Pfund. Jetzt ist Sarah oben. Wollen Sie sie?«

»Danke, heute nicht. Es ist zu heiß. Aber haben Sie immer nur eine einzige?«

»Lindy ist auch da, aber sie ist besetzt. Sie ist ein großes Mädchen. Wenn Sie große gern haben, in einer halben Stunde ist sie frei.« Sie blickte auf eine Küchenuhr an der Wand. »So gegen sechs Uhr. Dann wird es auch kühler sein.«

»Mir sind Mädchen wie Sie lieber. Wie heißen Sie?«

Sie kicherte. »Ich tu es nur aus Liebe. Ich hab Ihnen gesagt, daß ich nur das Geschäft führe. Man nennt mich Tiffy.«

»Das ist aber ein ungewöhnlicher Name. Ich heiße Mark.«

»Sind Sie auch ein Heiliger?« Sie lächelte.

»Das hat mir noch keiner nachgesagt. Ich habe oben bei Frome gearbeitet. Mir gefällt dieser Teil der Insel, und ich würde mir hier gern etwas kaufen. Aber ich möchte etwas, das näher am Meer liegt als dieses Haus. Ich werde mich noch weiter umsehen. Vermieten Sie auch Zimmer für die Nacht?«

Sie dachte nach. »Sicher, warum nicht? Aber vielleicht finden Sie es ein wenig laut hier. Manchmal trinkt ein Gast ein paar Glas zuviel. Und die Installationen sind auch nicht ganz in Schwung.« Sie kam näher und senkte die Stimme. »Aber ich würde Ihnen nicht raten, das Haus zu kaufen. Die Schindeln sind in schlechtem Zustand. Kostet Sie fünfhundert, vielleicht sogar tausend, das Dach herzurichten.«

»Nett von Ihnen, daß Sie mich darauf aufmerksam machen. Aber warum wird denn das Haus verkauft? Schwierigkeiten mit der Polizei?«

»Eigentlich nicht. Wir arbeiten hier anständig. Aber Sie haben doch im *Gleaner* nach Mr. Brown – das ist mein Chef – das ›et ux‹ gelesen?«

»Ja.«

»Nun, es scheint, das heißt soviel wie ›und seine Frau‹. Und Mistress Agatha Brown gehört zu den Frommen.

Und anscheinend vertragen die solche Etablissements wie 3½ nicht, auch wenn sie anständig geführt werden. Also ist Mistress Brown hinter ihrem Mann her, er soll das Haus schließen und verkaufen. Mit ihrem Anteil will sie dann das Dach der Kirche oben an der Straße herrichten lassen.«

»Das ist ein Jammer. Scheint ein nettes ruhiges Haus zu sein. Was geschieht mit Ihnen?«

»Ich werd' wahrscheinlich nach Kingston übersiedeln, bei einer meiner Schwestern wohnen und vielleicht in einem der großen Warenhäuser arbeiten. Sav' La Mar ist ja ein bißchen still.« Die braunen Augen wurden nachdenklich. »Aber der Platz hier wird mir sicher fehlen. Hier unterhalten sich die Leute, und die Straße ist so hübsch. Wir sind alle Freunde hier, von oben bis unten in der Straße. Sie hat irgendwie, irgendwie . . .«

»Atmosphäre.«

»Stimmt. Das ist es, was sie hat. So wie hier muß es im alten Jamaika gewesen sein. Alle miteinander befreundet, alle helfen einander, wenn sie in Schwierigkeiten sind. Sie würden staunen, wie oft die Mädels hier es umsonst machen, wenn der Mann ein guter Kerl ist, ein regelmäßiger Kunde und nur zufällig blank.«

»Das ist nett von ihnen. Aber fürs Geschäft kann das nicht gut sein.«

Sie lachte. »Das ist kein Geschäft, Mister Mark. Nicht, solange ich es führe. Das ist eine öffentliche Dienstleistung wie Wasser und Elektrizität und Erziehung und . . .«

Sie brach ab und sah über ihre Schulter auf die Uhr. Es war 17.45 Uhr.

»Zum Teufel, jetzt hab ich soviel geredet, daß ich Joe und May vergessen habe. Es ist ihre Essenszeit.«

Sie ging zum Caféfenster und kurbelte es herunter. Sogleich kamen aus der Richtung des Guajakbaumes zwei große schwarze Vögel, etwas kleiner als Raben, flogen herein, kreisten im Inneren des Cafés mit metallisch gellendem Geschrei, das sich von dem aller sonsti-

53

gen Vögel in der Welt unterscheidet, und landeten auf der Theke. Sie stolzierten anmaßend auf und ab, beäugten Bond furchtlos, mit ihren frechen goldbraunen Augen, gaben dünne Pfiffe und Triller von sich und plusterten sich gewaltig dabei auf.

Tiffy ging wieder hinter die Theke und nahm zwei Ingwerkuchen aus der von Fliegen beschmutzten Ausstellschachtel. Sie brach Stücke davon ab und fütterte die Vögel, immer den kleineren, das Weibchen, zuerst. Als alles vorbei war und Tiffy sie ausgezankt hatte, weil sie sie in die Finger gepickt hatten, machten sie kleine ordentliche Häufchen auf den Bartisch und sahen sehr selbstzufrieden aus.

Tiffy nahm einen Lappen und wischte den Schmutz fort. Sie sagte: »Wir nennen sie Kling-klings, aber gelehrte Leute nennen sie Jamaikastare. Unser schönster Vogel in Jamaika ist der Doktorvogel, der Kolibri mit dem Streifschwanz, aber ich habe diese hier am liebsten. Sie sind nicht so schön wie die Kolibris, aber es sind sehr freundliche Tiere und noch dazu so lustig. Sie scheinen das zu wissen. Sie sind wie ungezogene schwarze Diebe.«

Die Kling-klings beäugten die Kuchenschachtel und beklagten sich gellend, daß ihr Abendessen vorbei war. James Bond zog zwei Pennies heraus und reichte sie hinüber.

»Sie sind großartig, wie mechanische Spielzeuge. Geben Sie ihnen einen zweiten Gang von mir.«

Tiffy nahm noch zwei Kuchen. »Nun hört mal zu, Joe und May. Dieser nette Herr war nett zu Tiffy, und jetzt ist er nett zu euch. Also pickt mir nicht in die Finger und macht keinen Schmutz, sonst besucht er uns vielleicht nicht wieder.«

Sie hatte die Hälfte der Fütterung hinter sich gebracht, als sie von irgendwoher das Geräusch knarrender Bretter hörten. Dann kamen leise Fußtritte die Treppe herunter. Plötzlich wurde Tiffys lebendiges Gesicht still und gespannt. Sie wisperte Bond zu. »Das ist Lindys Kunde.

Bedeutender Mann. Ist ein guter Kunde hier. Aber er mag mich nicht, weil ich nicht mit ihm gehen will. Und er kann auch Joe und May nicht leiden, weil er findet, sie machen zuviel Lärm.«

Sie wollte die Vögel aus dem offenen Fenster jagen, aber sie flatterten einfach hoch und dann auf den Bartisch zurück.

Tiffy wandte sich an Bond. »Bleiben Sie ruhig sitzen, auch wenn er grob wird. Er bringt gern die Leute in Zorn. Und dann . . .« Sie brach ab. »Wollen Sie noch ein Red Stripe, Mister?«

Der Perlenvorhang in der schattigen Hinterseite des Raumes raschelte.

Bond lehnte sich zurück und fühlte die Walther PPK im Hosenbund. Die Finger seiner rechten Hand krümmten sich leicht, bereit, den Griff zu fassen. Er nahm den linken Fuß von der Sprosse des Stuhls und stellte ihn auf den Boden.

Er sagte: »Ja, gute Idee.« Er knöpfte mit der linken Hand sein Jackett auf, nahm sein Taschentuch heraus und wischte sich den Schweiß vom Gesicht. »Gegen sechs wird es immer besonders heiß, bevor der Leichenbestatterwind zu blasen beginnt.«

»Der Leichenbestatter ist gerade hier, Mister. Haben Sie Lust, seinen Wind zu spüren?«

Langsam drehte James Bond sich um.

Der große Raum lag im Dämmerlicht, und er konnte den Mann nur undeutlich erkennen. Er trug einen Koffer. Nachdem er ihn abgestellt hatte, kam er nach vorn. Er mußte Schuhe mit Gummisohlen tragen, denn er ging vollkommen lautlos.

Tiffy machte eine nervöse Bewegung, und ein Schalter klickte.

Ein halbes Dutzend staubige Birnen in verrosteten Fassungen rundum an den Wänden leuchteten auf.

Bond sagte ruhig: »Sie haben mich erschreckt.«

Scaramanga trat heran und lehnte sich an die Theke.

Eine katzenartige Drohung ging von dem hochgewachsenen Mann aus. Er hatte außerordentlich breite Schultern und sehr schmale Hüften. Seine kalten Augen musterten Bond mit einem Ausdruck wacher Gleichgültigkeit. Er trug einen gutgeschnittenen, einreihigen braunen Anzug und dazu passende braun-weiße Schuhe. Statt einer Krawatte hatte er ein weißes Seidenhalstuch umgebunden, das von einer goldenen Nadel in Form einer Pistole gehalten wurde.

»Manchmal lasse ich sie alle tanzen«, sagte er. »Dann schieß ich ihnen die Füße weg.«

Sein Amerikanisch hatte keinerlei fremden Akzent.

Bond meinte: »Das klingt ja ziemlich drastisch. Weshalb tun Sie das?«

»Das letztemal wegen fünftausend Dollar. Sie scheinen nicht zu wissen, wer ich bin. Hat's Ihnen die kalte Katze nicht erzählt?«

Bond sagte: »Warum hätte sie's tun sollen? Denken Sie, es hätte mich interessiert?«

Ein schneller Blitz von Gold. Das kleine schwarze Loch war direkt auf Bonds Nabel gerichtet.

»Was haben Sie hier verloren, Fremder? Sehr merkwürdig, so einen Schwindler aus der Stadt im 3½ zu treffen. Oder überhaupt in Sav' La Mar. Nicht vielleicht zufällig von der Polizei? Oder einer von ihren Freunden?«

»Kamerad!« Bond hob seine Hände in scheinbarer Kapitulation. Dann senkte er sie und wandte sich an Tiffy. »Wer ist der Mann? Will er vielleicht im Alleingang Jamaika erobern? Oder kommt er aus einem Zirkus? Fragen Sie ihn, was er trinken möchte. Wer immer er ist, die Vorstellung war gut.« Er spürte, daß Scaramanga nahe daran war, abzudrücken. Einen Revolvermann in seiner Eitelkeit treffen ... Er sah sich schon, wie er sich selbst am Boden wand, seine rechte Hand außerstande, nach der eigenen Waffe zu greifen.

Tiffys hübsches Gesicht war nicht mehr hübsch. Sie starrte James Bond an. Ihr Mund öffnete sich, aber kein Laut kam von den bebenden Lippen.

Er gefiel ihr, und sie wußte, daß er bereits so gut wie tot war.

Die Kling-klings Joe und May schienen die spannungsgeladene Atmosphäre zu spüren. Mit ängstlichem metallischem Gequietsche flohen sie zu dem offenen Fenster wie schwarze Diebe, um in der Nacht zu entkommen.

Die Schüsse aus dem Colt waren ohrenbetäubend.

Die beiden Vögel stürzten herab. Fetzen von Federn und rosa Fleisch flogen aus dem gelben Licht des Cafés wie Schrapnells auf die verwahrloste, verlassene Straße hinaus.

James Bond rührte sich nicht. Er blieb sitzen und wartete, daß die Spannung der Heldentat nachließ.

Dies geschah aber nicht.

Mit einem unartikulierten Schrei, der ein halber Fluch war, riß Tiffy eine Flasche vom Bartisch und warf sie ungeschickt nach Scaramanga. Die Flasche flog in eine Ecke und zerbrach klirrend. Nach dieser schwächlichen Geste fiel Tiffy hinter der Theke auf die Knie und begann hysterisch zu schluchzen.

James Bond trank den Rest seines Biers und stand langsam auf. Er ging auf Scaramanga zu und war schon fast an ihm vorbei, als der Mann lässig den linken Arm ausstreckte und Bond am Oberarm faßte.

Er hielt die Mündung seines Revolvers an die Nase und schnüffelte leicht.

Der Ausdruck in den leblosen braunen Augen war ganz abwesend, als er sagte: »Mister, es ist etwas Besonderes an dem Geruch des Todes. Kennen Sie ihn?«

Er hielt James Bond den glänzenden Revolver hin, als wolle er ihm eine Rose anbieten.

Bond stand ganz still. Er sagte: »Benehmen Sie sich. Lassen Sie mich gefälligst los.«

Scaramanga zog die Brauen hoch. Der bleierne Blick schien Bond zum erstenmal zu erfassen.

Er nahm seine Hand weg.

James Bond ging weiter, um den Bartisch herum.

Scaramanga folgte ihm mit dem Blick, in dem jetzt veräcHTliche Neugier lag.

Bond blieb stehen. Das Schluchzen des Mädchens klang wie das Winseln eines Hündchens. Unten auf der Straße begann ein Lautsprecher Calypsomusik zu plärren.

Bond sah dem Mann in die Augen.

Er sagte: »Danke. Ich kenne ihn. Ich empfehle Ihnen den Berliner Jahrgang. 1945.« Er lächelte freundlich, nur leicht ironisch. »Aber ich nehme an, Sie waren zu jung, um bei dieser Kostprobe dabeizusein.«

6

Bond kniete neben Tiffy nieder und gab ihr zwei starke Schläge auf die rechte Wange, dann auf die linke.

Die nassen Augen blickten wieder klar. Sie hob ihre Hand zum Gesicht und sah Bond erstaunt an.

Bond stand auf, nahm ein Tuch und feuchtete es am Wasserhahn an, dann beugte er sich nieder, legte seinen Arm um sie und wischte mit dem Tuch sanft über ihr Gesicht.

Dann half er ihr hoch und reichte ihr die Handtasche, die in einem Fach hinter dem Bartisch lag.

Er sagte: »Kommen Sie, Tiffy, machen Sie Ihr Gesicht wieder hübsch. Bald wird hier viel los sein. Die Erste Dame muß nun wieder gut aussehen.«

Tiffy nahm die Tasche und öffnete sie. Sie sah an Bond vorbei und bemerkte zum erstenmal seit der Schießerei Scaramanga. Die schönen Lippen zogen sich wütend zusammen.

Sie wisperte leidenschaftlich, daß nur Bond es hören konnte: »Ich werde diesen Mann fertigmachen, aber gründlich. Oben am Orangenhügelweg wohnt Mutter Edna; sie versteht sich auf Zauberei. Morgen geh ich zu ihr hinauf. In ein paar Tagen passiert ihm was, und er wird nicht wissen, weshalb.«

Sie nahm einen Spiegel heraus und begann ihr Gesicht

herzurichten. Bond zählte fünf Pfundnoten aus seiner Brieftasche und steckte Tiffy das Geld zu. »Kaufen Sie sich damit einen hübschen Kanarienvogel in einem Käfig. Und ich bin sicher, es wird ein anderes Paar Klings herkommen, wenn Sie Futter auslegen.«

Er klopfte ihr freundschaftlich auf die Schulter und ging zu Scaramanga hinüber.

»Vielleicht war das ein guter Zirkusakt« – er benutzte absichtlich nochmals das Wort – »aber für das Mädchen war es hart. Geben Sie Ihr wenigstens etwas Geld.«

»Kümmern Sie sich um Ihre eigenen Angelegenheiten«, sagte Scaramanga mit schiefem Lächeln. Dann mißtrauisch: »Und was reden Sie da andauernd vom Zirkus?«

Er wandte sich ganz Bond zu. »Bleiben Sie mal, wo Sie sind, Mister, und beantworten Sie mir ein paar Fragen. Sind Sie von der Polizei? Sie riechen ja danach. Und wenn Sie kein Polyp sind, was treiben Sie dann hier in der Gegend?«

Bond antwortete: »Die Leute sagen mir nicht, was ich tun soll. Ich sag es ihnen.«

Er ging in die Mitte des Raumes und setzte sich an einen Tisch. »Kommen Sie, setzen Sie sich her und hören Sie auf, in diesem Ton mit mir zu reden. Das hab ich nicht gern.«

Scaramanga zuckte die Achseln. Er machte zwei lange Schritte, ergriff einen der Metallstühle, wirbelte ihn herum und setzte sich rittlings darauf. Sein linker Arm lag auf der Rückenlehne. Sein rechter Arm blieb an der Hüfte, nur Zentimeter von dem Elfenbeingriff des Revolvers entfernt, der aus dem Hosenbund hervorsah.

Bond erkannte, daß das eine gute Arbeitsstellung für einen Revolvermann war. Die Metallehne diente gleichsam als Schild für den größten Teil des Körpers.

Das war wirklich ein sehr vorsichtiger Fachmann.

Bond hielt beide Hände deutlich sichtbar auf der Tischplatte und sagte fröhlich: »Nein, ich bin nicht von der Polizei. Ich heiße Mark Hazard und bin bei einer Gesellschaft namens ›Transworld Consortium‹. Ich habe eben bei Frome, der WISCO-Zuckeranlage, zu tun gehabt. Kennen Sie die?«

»Sicher kenn ich die. Was haben Sie dort gemacht?«

»Nicht so rasch, mein Freund. Sagen Sie mir erst mal, wer Sie sind und was Sie treiben.«

»Scaramanga. Francisco Scaramanga. Gewerkschaftsmann. Je von mir gehört?«

Bond furchte die Stirn.

»Kann ich nicht sagen. Sollte ich?«

»Ein paar Leute, die nichts von mir gehört hatten, sind jetzt tot.«

»Massenhaft Leute, die nie von mir gehört haben, sind tot.« Bond lehnte sich zurück und schlug die Beine übereinander. »Es wäre mir sympathisch, wenn Sie aufhörten, so hochtrabend zu reden. Siebenhundert Millionen Chinesen haben zum Beispiel von uns beiden noch nie gehört. Sie müssen ein Frosch in einem sehr kleinen Teich sein.«

Scaramanga ignorierte die Stichelei.

Er sagte nachdenklich: »Tja, ich nehme an, Sie können die Karibik einen ziemlich kleinen Teich nennen. Aber man kann trotzdem gute Beute darin machen. Den ›Mann mit dem goldenen Colt‹ nennt man mich hier.«

»Ein handliches Werkzeug zur Lösung von Problemen. Droben bei Frome könnten wir Sie brauchen.«

»Hat es dort Schwierigkeiten gegeben?« Scaramanga sah gelangweilt aus.

»Zu viele Zuckerrohrbrände.«

»War es das, worum Sie sich gekümmert haben?«

»Gewissermaßen. Eine der Aufgaben meiner Gesellschaft ist Versicherungsnachforschung.«

»Sicherungsarbeit. Ich habe schon früher Leute von Ihrer Sorte getroffen. Dachte mir doch, daß Sie ein Polyp sind.« Scaramanga sah befriedigt aus. »Haben Sie was erreicht?«

»Ein paar Rastafaris geschnappt. Ich wäre sie gerne alle losgeworden. Aber sie sind zu ihrer Gewerkschaft weinen gegangen, daß man sie wegen ihrer Religion diskriminiere, also mußten wir damit aufhören. Da werden eben die Feuer bald wieder anfangen. Deshalb sagte ich, wir könnten dort einen guten Zwangsvollstrecker brauchen.« Höflich fügte Bond hinzu: »Ich nehme an, das ist ein anderer Name für Ihren Beruf?«

Wieder überging Scaramanga den Hohn.

Er sagte: »Sie haben einen Revolver?«

»Selbstverständlich. Ohne den kann man nicht gegen die Rastas vorgehen.«

»Was für einen?«

»Walther PPK, 7.65 mm.«

»Ja, das ist wirklich ein Stopper.«

Scaramanga wandte sich zur Bar.

»Hei, kalte Katze, zwei Red Stripes, wenn du wieder im Geschäft bist.«

Er drehte sich wieder um, und die ausdruckslosen Augen musterten Bond scharf. »Was ist Ihre nächste Arbeit?«

»Weiß ich nicht. Muß in London anfragen, ob sie noch andere Probleme in der Gegend haben. Aber es ist nicht eilig, ich arbeite für sie mehr oder weniger als freier Mitarbeiter. Warum?«

Der andere saß ruhig da, während Tiffy hinter der Theke hervorkam. Sie ging an den Tisch und stellte das Blechtablett mit Flaschen und Gläsern vor Bond ab. Sie sah Scaramanga nicht an.

Scaramanga stieß ein rauhes Lachen aus. Er griff in seine Jacke und holte eine Alligatorbrieftasche heraus. Er zog eine Hundertdollarnote hervor und warf sie auf den Tisch.

»Nichts für ungut, kalte Katze. Du wärst schon in Ordnung, wenn du nur nicht immer die Beine so geschlossen hieltest. Geh, kauf dir damit ein paar andere Vögel. Ich hab gern lachende Leute um mich.«

Tiffy nahm die Note. »Danke, Mister. Sie würden sich wundern, wenn Sie wüßten, wofür ich Ihr Geld ausgebe.« Sie blickte ihn lange und scharf an, dann drehte sie sich auf dem Absatz um.

Scaramanga zuckte die Achseln.

Er nahm die Bierflasche und ein Glas, und beide Männer schenkten sich ein und tranken.

Scaramanga zog eine wertvolle Zigarrendose aus der Tasche, wählte eine bleistiftdünne Zigarre und zündete sie mit einem Streichholz an. Er ließ den Rauch zwischen den Lippen ausströmen und atmete ihn durch die Nase wieder ein. Das machte er mehrmals mit dem gleichen Zug, bis der Rauch verschwunden war.

Die ganze Zeit schaute er nachdenklich über den Tisch auf Bond – er schien etwas zu überlegen.

»Haben Sie Lust, einen Tausender zu verdienen?«

Bond sagte: »Möglich.« Nach einer Pause fügte er hinzu: »Wahrscheinlich.« Er dachte: Selbstverständlich. Wenn das heißt, daß ich in deiner Nähe bleibe, mein Freund.

Scaramanga rauchte eine Weile schweigend.

Draußen blieb ein Wagen stehen, und zwei lachende Männer kamen schnell die Stufen herauf. Es waren jamaikanische Arbeiter. Als sie den Raum betraten, hörten sie auf zu lachen, gingen still zur Bar und begannen mit Tiffy zu flüstern. Dann legten beide eine Pfundnote auf den Bartisch, machten einen großen Umweg um die Weißen und verschwanden durch die Vorhänge hinten im Raum. Ihr Lachen begann wieder, als Bond ihre Schritte auf der Treppe hörte.

Scaramanga hatte seine Augen nicht von Bond abgewandt. Jetzt sagte er mit leiser Stimme: »Ich habe selbst ein Problem. Einige Teilhaber von mir haben sich an diesem Negril-Projekt beteiligt. Am hinteren Ende der Besitzung. Der Ort heißt Bloody Bay. Kennen Sie den?«

»Ich habe ihn auf der Karte gesehen. Knapp vor dem Green-Island-Hafen.«

»Stimmt. Ich habe also einige Anteile an dem Geschäft. Wir haben begonnen, ein Hotel zu bauen, der erste Stock ist fertig und die wichtigsten Gesellschaftsräume, das Restaurant und dergleichen. Dann hat der Touristenstrom nachgelassen – die Amerikaner müssen wohl Angst haben, sich so nahe an Kuba aufzuhalten. Die Banken machen Schwierigkeiten, und das Geld beginnt auszugehen. Sie folgen mir?«

»Sie sind also mit dem Hotel in der Bloody Bay in einer Sackgasse?«

»Stimmt. Deshalb bin ich vor ein paar Tagen 'rübergekommen und wohne im *Thunderbird*, und ein halbes Dutzend der größeren Aktionäre wird zu einer Versammlung herüberfliegen. Wir wollen uns das Ganze ansehen, uns zusammensetzen und beraten, was weiter geschehen soll. Nun, ich möchte diese Leute unterhalten, also hab ich eine gute Combo aus Kingston kommen lassen, Kalypsosänger, 'ne Menge Mädels – alles Nötige. Man kann schwimmen, und eine der Attraktionen des Lokals ist eine kleine Eisenbahn, die früher Zuckerrohr transportiert hat. Fährt zum Green-Island-Hafen hinaus, dort hab ich einen Zwölfmeter-Chriscraft-Roamer zum Tiefseefischen. Das gibt einen weiteren Ausflug. Verstanden? Ich will den Kerls wirklich was bieten.«

»Damit sie ganz begeistert sind und Ihren Anteil aufkaufen?«

Scaramanga furchte ärgerlich die Stirn.

»Ich zahl Ihnen keinen Tausender, damit Sie auf falsche Gedanken kommen oder überhaupt auf Gedanken.«

»Wofür denn?«

Ein, zwei Augenblicke lang gab sich Scaramanga seinem Rauchzeremoniell hin, die kleinen Rauchsäulen verschwanden immer wieder in seiner Nase. Das schien ihn zu beruhigen. Seine Stirn glättete sich.

Er sagte: »Manche dieser Leute sind etwas schwierig. Wir sind alle Aktionäre, das bedeutet nicht unbedingt, daß wir auch Freunde sind. Begreifen Sie? Ich will einige Besprechungen abhalten, private Besprechungen, vielleicht mit nur zwei oder drei Leuten gleichzeitig, sozusagen, um die verschiedenen Interessen auszuhorchen. Könnte sein, daß manche von denen, die zu keiner Sonderbesprechung eingeladen sind, sich in den Kopf setzen, eine solche Konferenz zu stören oder irgendwie herauszufinden, was vorgeht. Nun stelle ich mir vor, da Sie doch an Sicherungsarbeit und dergleichen gewöhnt sind, könnten Sie als eine Art Wächter bei diesen Besprechungen fungieren, den Raum von Mikrophonen freihalten, vor der Tür Posten stehen, damit niemand herumschnüffelt. Mit einem Wort: Sie hätten dafür zu sorgen, daß ich wirklich ungestört bleibe, wenn ich ungestört sein will.«

Bond mußte lachen.

»Sie wollen mich also gewissermaßen als persönlichen Leibwächter engagieren. Ist es das?«

Scaramanga runzelte wieder die Stirn.

»Und was ist daran komisch, Mister? Ist doch gutes Geld, nicht? Drei, vielleicht vier Tage in einem Luxusladen wie dem *Thunderbird.* Dafür tausend Dollar. Was ist da so verrückt an dem Vorschlag, he?«

Scaramanga drückte das Ende seiner Zigarre gegen die Unterseite des Tisches. Funken sprühten.

Bond kratzte sich am Hinterkopf, als überlege er. Was er auch tat.

Er wußte, er hatte nicht die ganze Geschichte gehört. Er wußte auch, daß es mehr als merkwürdig war, wenn dieser Mann einen vollkommen Fremden anstellen wollte, um solche Arbeit für ihn zu besorgen.

Es war freilich zu verstehen, daß Scaramanga niemanden aus dem Ort beauftragen wollte, zum Beispiel einen ehemaligen Polizeibeamten, auch wenn er einen finden konnte. Solch ein Mann hatte vielleicht selbst Freunde im Hotelgeschäft, die an dem Negril-Projekt Interesse hatten. Andererseits würde Bond natürlich etwas erreichen, was er nie für möglich gehalten hätte – er würde geradewegs in Scaramangas Deckung eindringen.

Würde er das wirklich? Es roch stark nach einer Falle. Aber vorausgesetzt, daß Bond nicht durch irgendein unverständliches Pech verraten worden war, war nicht einzusehen, wo die Falle liegen sollte.

Nun, er konnte sich jedenfalls die Chance nicht entgehen

lassen. Bond zündete sich eine Zigarette an und sagte: »Ich habe nur darüber gelacht, daß ein Mann mit Ihren besonderen Fähigkeiten beschützt werden will. Der Job verspricht eine Menge Spaß. Selbstverständlich bin ich einverstanden. Wann geht's los? Ich habe unten auf der Straße einen Wagen.«

Scaramanga sah auf die dünne goldene Uhr mit dem Goldarmband.

»18.32 Uhr. Mein Wagen wird draußen sein.«

Er nahm seinen Koffer, der billig aber neu aussah, ging zum Ausgang, schlug den Perlenvorhang zurück und verschwand.

Bond trat schnell an die Bar.

»Wiedersehen, Tiffy, ich hoffe, ich komme mal wieder vorbei. Wenn jemand nach mir fragen sollte, sagen Sie, ich bin im *Thunderbird-Hotel* in der Bloody Bay.«

Tiffy streckte die Hand aus und berührte schüchtern seinen Arm. »Seien Sie vorsichtig, Mister Mark. In dem Hotel dort steckt Gangstergeld. Und passen Sie auf sich auf.« Sie wies mit dem Kopf zum Eingang hin: »Das ist der schlechteste Mensch, den es gibt.« Sie beugte sich vor und wisperte: »In dem Koffer hat er Ganja für tausend Pfund. Ein Rasta hat ihn heute früh für ihn dagelassen. Ich hab an dem Koffer gerochen.« Schnell richtete sie sich wieder auf.

Bond sagte: »Danke, Tiffy. Sehen Sie zu, daß Mutter Edna ihn gut verhext. Eines Tages sag ich Ihnen, warum, das hoffe ich wenigstens. Wiedersehen!«

Er ging schnell hinaus und hinunter auf die Straße, wo ein rotes Thunderbird-Kabriolett wartete. Sein Auspuff machte ein Geräusch wie ein teures Motorboot.

Der Fahrer war ein Jamaikaner in eleganter Uniform mit Tellerkappe. Ein rotes Fähnchen auf der Radioantenne verkündete in Gold »Thunderbird-Hotel«.

Scaramanga saß neben dem Chauffeur. Er sagte ungeduldig: »Steigen Sie hinten ein. Wir bringen Sie zu Ihrem Wagen hinunter. Fahren Sie uns dann nach. Nach einiger Zeit wird die Straße besser.«

James Bond stieg hinter Scaramanga in den Wagen und fragte sich, ob er dem Mann jetzt in den Hinterkopf schießen sollte. Die verschiedensten Gründe hinderten ihn daran – das Jucken der Neugierde, eine angestammte Abneigung gegen kaltblütigen Mord, das Gefühl, daß das nicht der richtige Moment war, die Wahrscheinlichkeit, daß er auch den Chauffeur würde umbringen müssen – all das, zusammen mit der Milde der Nacht und der Tatsache, daß das Radio jetzt eine gute Aufnahme einer seiner Lieblingsmelodien spielte, »After You've Gone«, und daß die Zikaden auf dem Guajakbaum sangen, sagte »nein«.

Aber in dem Augenblick, als der Wagen die Liebesstraße hinunterfuhr und zu der quecksilbrig hellen See kam, wußte James Bond, daß er nicht nur seinen Befehlen zuwiderhandelte oder sich bestenfalls vor ihnen drückte, sondern daß er auch ein verdammter Narr war.

7

James Bond kannte die Karte von Jamaika ziemlich genau. Er wußte, daß das Meer immer nahe zu seiner Linken gewesen war. Während er den beiden roten Schlußlichtern des vor ihm fahrenden Wagens durch ein eindrucksvolles schmiedeeisernes Eingangstor und eine Allee junger Königspalmen folgte, hörte er in der Nähe die Wellen an den Strand rollen. Er erriet nach Lage der Zufahrt, daß die Zuckerrohrfelder bis knapp an die neue hohe Mauer herankommen mußten, die das *Thunderbird*-Grundstück umgab. Von den Mangrovesümpfen unterhalb der hohen Hügel, deren Silhouette er gelegentlich im Schein des umwölkten Dreiviertelmondes zu seiner Rechten gesehen hatte, wehte ein schwacher Duft herüber.

Aber ansonsten hatte er keinen exakten Anhaltspunkt dafür, wo er war und wie der Ort aussah, dem er sich näherte – es war ein unangenehmes Gefühl.

Einen Kilometer weiter vorn mußte jemand die herankommenden Lichter gesehen und einige Schalter angeknipst haben, denn plötzlich schien helles Licht durch die Bäume, und beim Durchfahren der letzten Strecke erkannte man das Hotel.

Ein mächtiger Torbogen in Weiß und Hellrosa verlieh ihm eine aristokratische Front, und als Bond hinter dem anderen Wagen beim Eingang vorfuhr, konnte er durch die hohen Régencefenster einen Blick auf den schwarz-weißen Marmorboden unter brennenden Kandelabern werfen.

Ein Portier und sein Stab von Jamaikanern in roten Jacken und schwarzen Hosen eilten die Stufen herab. Nachdem Scaramanga untertänigst begrüßt worden war, nahmen sie ihm und Bond die Koffer ab. Dann begab sich die kleine Schar in die Eingangshalle, wo Bond ins Register »Mark Hazard« und die Kensingtoner Adresse des »Transworld Consortiums« eintrug.

Scaramanga sprach mit einem Mann, der der Geschäftsführer zu sein schien, ein junger Amerikaner mit einem netten Gesicht und einem netten Anzug. Dann wandte er sich an Bond.

»Sie wohnen auf Nummer 24 im Westflügel. Ich bin ganz in der Nähe auf Nummer 20. Bestellen Sie, was Sie wünschen, beim Zimmerkellner. Auf Wiedersehen morgen gegen zehn Uhr. Die Herren werden gegen Mittag aus Kingston herüberkommen.«

Bonds Zimmer lag fast am Ende des Ganges, links. Nummer 20 befand sich gegenüber. Der Page schloß Nr. 24 auf und hielt die Tür für Bond offen. Klimatisierte Luft strömte heraus. Es war ein hübsches modernes Doppelzimmer mit Bad in Grau und Weiß.

Sobald er allein war, schaltete Bond die Klimaanlage auf Null. Dann zog er die Vorhänge zurück und kurbelte die zwei breiten Fenster herunter, um frische Luft hereinzulassen.

Draußen wisperte die See leise an dem unsichtbaren Strand, und das Mondlicht warf die schwarzen Schatten der Palmen über den gepflegten Rasen.

Bond hörte, wie links, dort, wo das gelbe Licht des Eingangs einen Winkel der Kieseinfahrt erhellte, sein Wagen angelassen und fortgefahren wurde, wahrscheinlich zu einem Parkplatz, der, wie er annahm, hinten lag.

Er ging wieder ins Zimmer zurück und untersuchte es sorgfältig. Die einzigen verdächtigen Gegenstände waren ein großes Bild an der Wand über dem Doppelbett und das Telefon.

Das Bild zeigte eine jamaikanische Marktszene von einem lokalen Maler. Bond stellte fest, daß die Wand dahinter unberührt war.

Dann zog er sein Taschenmesser heraus, legte das Telefon vorsichtig, um den Hörer nicht zu bewegen, umgekehrt auf das Bett und schraubte ruhig und sorgfältig die Bodenplatte ab. Er lächelte zufrieden. Hinter der Platte lag ein kleines Mikrophon, das an das Hauptkabel innerhalb der Gabel angeschlossen war. Er schraubte die Bodenplatte ebenso vorsichtig wieder an und stellte das Telefon geräuschlos zurück auf den Nachttisch.

Er kannte die Vorrichtung. Sie war mit Transistoren ausgerüstet und stark genug, um eine Unterhaltung aufzunehmen, die in normaler Lautstärke im Zimmer geführt wurde.

Er packte seine wenigen Habseligkeiten aus und rief den Zimmerkellner an. Eine jamaikanische Stimme antwortete. Bond bestellte eine Flasche Walker's de Luxe Bourbon, drei Gläser, Eis und für neun Uhr Eier »Benedikt«.

Die Stimme sagte: »Gern, Sir.«

Bond zog sich aus, legte seinen Revolver und die Halfter unter ein Kissen, läutete nach dem Diener und ließ seinen Anzug zum Bügeln bringen.

Er duschte, erst heiß, dann eiskalt. Inzwischen war der Bourbon gekommen.

Er zog einen Stuhl ans Fenster, stellte einen niedrigen Tisch daneben, nahm das Buch »Zivilcourage« von John Kennedy aus seinem Koffer, setzte sich und ließ die würzige Luft über seinen halbnackten Körper streifen.

Die Eier kamen, und sie waren gut. Die Mousselinesauce hätte bei Maxim nicht besser sein können.

Bond ließ das Tablett abtragen und goß sich einen letzten Drink ein.

Scaramanga besaß bestimmt einen Hauptschlüssel. Morgen würde sich Bond einen Keil schnitzen, um die Tür festzukeilen. Für heute stellte er seinen Koffer knapp innerhalb der Tür auf die Schmalseite und die drei Gläser obendrauf. Das war eine einfache Schreckfalle, aber sie würde ihn warnen.

Dann zog er die Shorts aus, legte sich zu Bett und schlief traumlos bis 7.30 Uhr morgens.

Er zog eine Badehose an, räumte die Barrikade vor der Zimmertür weg und ging in den Gang hinaus.

Links war eine Tür in den Garten offen, und Sonnenschein strömte herein.

Als er hinaus und über das taufrische Gras zum Strand ging, hörte er ein merkwürdig plumpsendes Geräusch rechts unter den Palmen.

Er ging in die Richtung und sah, wie Scaramanga, in Badehose, Übungen auf einem Trampolin ausführte. Ein gutaussehender junger Neger stand daneben, einen grellroten Mantel aus Frotteestoff in der Hand.

Scaramangas Körper glänzte vor Schweiß in der Sonne, als er sich von der gespannten Leinwand hoch in die Luft schleudern ließ und dann mit den Knien, dem Gesäß oder manchmal sogar mit dem Kopf wieder aufprallte. Es war eine eindrucksvolle Turnübung. Die hervorstehende dritte Brustwarze über dem Herzen bot ein erstklassiges Ziel!

Bond ging nachdenklich zu dem schönen Halbmond weißen Sandes hinunter, der von sanft rauschenden Palmen umsäumt war. Er sprang ins Wasser und schwamm, eingedenk des Beispiels des andern, zweimal so weit, als er beabsichtigt hatte.

James Bond verzehrte schnell ein kleines Frühstück, zog widerwillig seinen dunkelblauen Anzug an, nahm die

Waffe und machte einen Spaziergang um das Grundstück.
Er sah bald klar. Die Nacht und die beleuchtete Fassade
hatten ein erst halbbeendetes Projekt verborgen.
Der Ostflügel auf der anderen Seite der Halle bestand erst
aus Trägern und Verputz.
Der Hauptteil des Hotels – Restaurant, Nachtlokal und
Gesellschaftsräume –, der Schwanzteil des T-förmigen
Baues, war nur vorgetäuscht: eine Bühne, die für eine
hastig zusammengestellte Kostümprobe mit den wichtig-
sten Gegenständen wie Teppichen, Licht und ein paar
Möbelstücken versehen worden war, aber noch nach Lack
und Sägespänen roch.
Vielleicht fünfzig Männer und Frauen waren dabei, Vorhänge zu befestigen, Teppiche zu saugen, elektrisches
Licht anzuschließen. Niemand beschäftigte sich mit dem
Wesentlichen, den großen Zementmischern, den Bohrern,
den Eisenträgern, die hinter dem Hotel umherlagen wie
fallengelassenes Spielzeug eines Riesen.
Es würde wohl noch ein Jahr und fünf Millionen Dollar
brauchen, um aus dem Platz das zu machen, was die Pläne
versprochen hatten. Bond erkannte Scaramangas Problem.
Manche würden sich über das Projekt beschweren. Andere
würden aussteigen wollen. Und wieder andere würden
sich einkaufen wollen, aber billig, um es als Steuerabzugs-
posten gegenüber gewinnreicheren Unternehmungen
anderswo zu verwenden. Besser, einen Kapitalbesitz zu
haben mit den großen Steuerzugeständnissen, die Jamaika
gewährte, als das Geld an Onkel Sam, Onkel Fidel, Onkel
Trujillo oder Onkel Leoni in Venezuela abzuführen.
Scaramangas Aufgabe war also, seine Gäste mit Vergnü-
gungen zu blenden, sie halb betrunken zu ihren Syndika-
ten zurückzuschicken. Würde das gelingen?
Bond kannte solche Leute und bezweifelte es.
Er wanderte weiter zum hinteren Teil des Besitzes, um
seinen Wagen zu suchen. Er stand auf einem verlassenen
Platz hinter dem Westflügel in der prallen Sonne.
Bond fuhr ihn in den Schatten eines riesigen Gummibau-

mes. Er kontrollierte das Benzin und steckte den Schlüssel ein.

Man konnte nie vorsichtig genug sein.

Auf dem Parkplatz war der Geruch der Sümpfe sehr stark. Da es noch verhältnismäßig kühl war, beschloß er, ein Stück weiterzugehen.

Bald kam er ans Ende der jungen Sträucher und des Guinearasens, die der Landschaftsarchitekt angelegt hatte. Dahinter lag eine Einöde – ein großes Gebiet von trägen Wasserläufen und Sumpfland, dem das Hotelgrundstück abgewonnen worden war. Silberreiher, Haubenwürger und Louisianareiher stiegen hoch, seltsamer Insektenlärm und das Schreien von Fröschen und Geckos waren zu hören. Dort, wo offenbar das Grundstück zu Ende war, strebte ein größerer Strom dem Meer entgegen, seine schlammigen Ufer waren voller Löcher von Landkrabben und Wasserratten. Als Bond näher kam, hörte er ein lautes Aufklatschen – ein mannsgroßer Alligator ließ sich ins Wasser fallen und zeigte seine Schnauze, ehe er untertauchte.

Bond lächelte in sich hinein. Wenn das Hotel erst fertig war, würde zweifellos dieses ganze Areal in einen Aktivposten verwandelt werden. Man würde einheimische Bootsleute ausrüsten und sie entsprechend als Arawak-Indianer herrichten. Es würde einen Landungssteg und bequeme Boote mit befransten Sonnendächern geben, von denen aus die Gäste für zusätzliche 10 Dollar auf der Rechnung den »tropischen Dschungel« besichtigen könnten.

Bond sah auf seine Uhr und schlenderte zurück.

Links lagen die Küchen, die Wäscherei und die Personalwohnungen – die üblichen Hinterquartiere eines Luxushotels, noch nicht verdeckt von den jungen Oleandern und Crotonen, die zu diesem Zweck gepflanzt worden waren. Aus dieser Richtung kam Musik, das herzschlagartige Hämmern des Jamaikacalypso – wahrscheinlich probte die Combo aus Kingston.

Bond ging rundherum und durch den Torbogen in die Haupthalle.

Scaramanga stand neben dem Empfangspult und sprach mit dem Geschäftsführer.

Als er Bonds Schritte auf dem Marmor hörte, wandte er sich um und nickte ihm zu. Er sagte: »Okay denn« zu dem Geschäftsführer, und zu Bond: »Sehen wir uns das Konferenzzimmer an.« Bond folgte ihm durch die Tür des Restaurants und durch eine weitere Tür rechts. Sie führte in ein Vestibül, dessen eine Wand von einem Büfett mit Gläsern und Tellern eingenommen wurde. Scaramanga ging weiter voraus durch einen Raum, der vielleicht später ein Spiel- oder Schreibzimmer sein würde. Jetzt stand nur ein runder Tisch in der Mitte eines weinroten Teppichs da, und rundherum waren sieben weiße Kunstlederstühle mit Armlehnen. Davor lagen Notizblöcke und Bleistifte. Vor dem Stuhl gegenüber der Tür, wahrscheinlich dem Scaramangas, stand ein weißes Telefon.

Bond ging durch den Raum, untersuchte Fenster und Vorhänge und sah sich die Wandarme der Beleuchtung an. Er meinte: »Die Arme könnten präpariert sein. Und natürlich auch das Telefon. Wollen Sie, daß ich's ansehe?«

Scaramanga blickte Bond steinern an.

Er sagte: »Nicht nötig. Ist natürlich präpariert. Von mir. Brauche eine Aufzeichnung von allem, was gesprochen wird.«

Bond erwiderte: »Na denn, in Ordnung. Wo soll ich bleiben?«

»Vor der Tür. Setzen Sie sich mit einer Illustrierten hin und lesen Sie. Heute nachmittag gegen vier ist Generalversammlung. Morgen wird es vielleicht ein oder zwei kleinere Besprechungen geben. Ich möchte, daß diese Konferenzen alle ungestört bleiben. Klar?«

»Ist ja ganz einfach. Aber wäre es nun nicht vielleicht an der Zeit, daß Sie mir die Namen dieser Leute sagen, und auch ungefähr, wen sie vertreten und von welchen Sie Schwierigkeiten erwarten?«

Scaramanga sagte: »Nehmen Sie einen Stuhl und Papier und Bleistift.«

Er ging im Raum auf und ab.

»Da haben wir zuerst Mr. Hendriks, Holländer. Vertritt das europäische Kapital, hauptsächlich Schweizer Geld. Sie brauchen sich um ihn nicht zu kümmern. Er ist keiner von den Nörglern. Dann kommt Sam Binion aus Detroit.«

»Von der Purple Gang?«

Scaramanga blieb stehen und sah Bond scharf an.

»Das sind anständige Leute, Mister Dingsda.«

»Mein Name ist Hazard.«

»Na schön, Hazard. Anständig, verstehen Sie. Bilden Sie sich nichts Falsches ein. Das sind alles solide Geschäftsleute. Verstehen Sie? Dieser Sam Binion zum Beispiel. Er ist im Grundstückshandel. Er und seine Freunde sind vielleicht zwanzig Millionen Dollar wert. Verstehen Sie, was ich meine? Dann Leroy Gengerella, Miami. Besitzer der Gengerella-Unternehmungen. Großer Mann im Unterhaltungsgeschäft. Der könnte unangenehm werden. Leute in dieser Branche lieben schnelle Gewinne und schnellen Umsatz. Und Ruby Rotkopf, der Hotelmann aus Las Vegas. Er wird unangenehme Fragen stellen, denn er kennt die meisten Antworten schon aus Erfahrung. Hal Garfinkel aus Chikago. Er ist Gewerkschaftsmann wie ich. Vertritt eine Menge Gelder von den Lastfahrergewerkschaften. Er wird kaum Ungelegenheiten machen. Diese Gewerkschaften haben so viel Geld, daß sie nicht wissen, wohin damit. Das macht fünf. Der letzte ist Louie Paradise aus Phoenix, Arizona. Besitzer von Paradise Slots, im Spielautomatengeschäft die größte Firma. Hat auch Kasinointeressen. Keine Ahnung, was er vorhat. Das sind alle.«

»Und wen vertreten Sie, Mr. Scaramanga?«

»Karibisches Geld.«

»Kubanisches?«

»Ich habe karibisches gesagt. Kuba liegt in der Karibik, nicht?«

»Castro oder Batista?«

Die Stirn war wieder gerunzelt. Scaramangas rechte Hand ballte sich zur Faust.

»Mister, Sie sollen mich nicht ärgern. Stecken Sie Ihre Nase nicht in meine Geschäfte, sonst geht's Ihnen schlecht. Und zwar sicher.« Er drehte sich brüsk um und verließ den Raum.

James Bond lächelte. Er sah sich die Liste an. Der Mann, der ihn am meisten interessierte, war Mr. Hendriks, der »europäisches Geld« vertrat. Wenn das sein wirklicher Name und er Holländer ist, so bin ich auch einer, überlegte Bond. Er riß drei Blätter ab, um den Eindruck seines Stiftes zu tilgen, und ging hinaus ins Vestibül.

Ein mächtiger Mann näherte sich vom Eingang her dem Empfangspult. Er schwitzte heftig in seinem Anzug. Er hätte alles mögliche sein können – ein Diamantenhändler aus Antwerpen, ein deutscher Zahnarzt, ein Schweizer Bankdirektor. Das blasse Gesicht mit den viereckigen Wangen war völlig anonym.

Er stellte eine schwere Aktentasche auf das Pult und sagte mit breitem mitteleuropäischem Akzent: »Ich bin Mr. Hendriks. Ich glaube, Sie haben ein Zimmer für mich, nicht wahr?«

8

Die Wagen rollten an.

Scaramanga war auf dem Posten. Er setzte ein vorsichtiges Willkommlächeln auf, wenn es ihm richtig schien. Hände wurden nicht geschüttelt. Der Gastgeber wurde entweder als »Pistol« oder als »Mr. S.« begrüßt, außer von Mr. Hendriks, der ihn überhaupt nicht mit Namen nannte.

Bond stand in Hörweite in der Nähe des Pultes und sah sich die Leute an, die zu den Namen gehörten.

Äußerlich sahen sie sich ähnlich. Dunkle Gesichter, glattrasiert, etwa einsfünfundsiebzig groß, harte Augen, dünne, lächelnde Lippen, wenige Worte zum Geschäftsführer. Alle hielten ihre Aktentaschen fest, wenn die Pagen versuchten, sie zu dem übrigen Gepäck auf die Gummiradkarren zu legen.

Sie verschwanden in ihren Zimmern im Ostflügel.

Bond nahm seine Liste und fügte zu jedem Namen Erkennungsbemerkungen hinzu, außer zu Hendriks', der sich seinem Gedächtnis klar eingeprägt hatte.

Gengerella erhielt die Kennzeichnung »italienischer Abstammung, aufgeworfene Lippen«, Rotkopf »dicker Hals, völlig kahl, Jude«, Binion »Fledermausohren, Narbe linke Wange, hinkt«, Garfinkel »der schwierigste; schlechte Zähne, Revolver unter rechter Achsel«, und schließlich Paradise »auffallend, hochnäsig, falsches Lächeln, großer Brillantring«.

Scaramanga kam herüber. »Was schreiben Sie?«

»Nur Notizen als Gedächtnisstütze.«

»Geben Sie her.« Scaramanga streckte fordernd die Hand aus.

Bond gab ihm die Liste.

Scaramanga überflog sie.

Er gab sie zurück. »Ziemlich richtig. Aber Sie hätten den einen Revolver nicht zu erwähnen brauchen. Sie sind alle bewaffnet. Außer Hendriks, schätze ich. Diese Jungs haben immer Angst, wenn sie im Ausland sind. Aber wen kümmert's? Sehe Sie gegen zwölf in der Bar. Ich werde Sie als meinen persönlichen Assistenten vorstellen.«

»Das wird ja großartig.«

Scaramangas Brauen zogen sich zusammen.

Bond ging zu seinem Schlafzimmer.

Er hatte die Absicht, den Mann zu reizen und es immer wieder zu tun, bis es zu einem Kampf kam.

Vorläufig würde er es sich wahrscheinlich gefallen lassen, denn er schien Bond zu brauchen. Aber es würde bald der Augenblick kommen, wahrscheinlich in Anwesenheit von Zeugen, da seine allzu verletzte Eitelkeit ihn veranlassen würde zu ziehen. Es lag für Bond ein kleiner Vorteil darin, wenn er selbst den Handschuh warf. Die Taktik war grob, aber ihm fiel keine andere ein. Bond stellte fest, daß sein Zimmer während des Vormittags durchsucht worden war. Er verwendete immer einen Hoffritz-Rasierapparat, der in der Art der alten schwergezähnten Gillettetypen gebaut war. Sein amerikanischer Freund Felix Leiter hatte ihm einmal in New York einen gekauft, um zu beweisen, daß das die besten waren, und Bond war dabei geblieben. Der Griff eines Rasierapparates ist ein gutes Versteck für die kleinen Hilfsmittel der Spionage – Kodes, Mikropunktentwickler, Zyanid und andere Pillen.

An diesem Morgen hatte Bond an das Schraubende des Griffs in einer Linie mit dem »Z« der Fabrikmarke einen winzigen Kratzer in den Schaft geritzt. Der Kratzer war um einen Millimeter nach rechts verschoben.

In keine der anderen kleinen Fallen war man gegangen. Taschentücher mit untilgbaren Flecken an gewissen Stellen, in bestimmter Ordnung hingelegt, der Winkel seines Koffers zur Wand des Garderobenschranks, das halb herausgezogene Futter der Brusttasche seines zweiten Anzugs – das alles war unverändert geblieben.

Allenfalls hätte ein sorgfältiger, geübter Diener das zustande gebracht. Aber jamaikanisches Personal, bei aller Freundlichkeit und Willigkeit, war nicht von dieser Art.

Nein, zwischen neun und zehn, als Bond spazierengegangen war und sich in sicherer Entfernung vom Hotel aufgehalten hatte, war sein Zimmer gründlich durchsucht worden, und zwar von einer Person, die ihr Metier verstand. Bond war befriedigt. Es war gut zu wissen, daß der Kampf im Gange war. Wenn er Gelegenheit fand, einen Streifzug durch Nr. 20 zu unternehmen, hoffte er, es noch besser zu machen.

Die Bar lag hinter einer Ledertür mit Messingknöpfen gegenüber dem Vestibül zum Konferenzzimmer. Sie war die stilechte, luxuriöse Nachahmung einer englischen Gasthausbar.

Die sauberen Holzstühle hatten Schaumgummipolster, mit rotem Leder überzogen. Die Trinkkrüge hinter der Bar waren aus Silber oder Silberimitation statt aus Zinn. Die Jagdradierungen, Kupfer- und Messinghörner, Musketen und Pulverhörner an den Wänden hätten aus der Parker-Galerie in London stammen können.

Statt der Trinkkrüge standen Champagnerflaschen in antiken Kühleimern auf den Tischen, und statt der Bauern standen die Gangster in Anzügen herum, die nach Brooks Brothers' »Tropenmode« aussahen, und schlürften vorsichtig ihre Drinks. Der Gastgeber lehnte an der Mahagonitheke und ließ seinen goldenen Revolver um den Zeigefinger seiner linken Hand wirbeln wie der Falschspieler in einem alten Wildwestfilm.

Als sich die Tür hinter Bond mit einem Seufzer schloß, blieb der Goldrevolver mitten im Wirbel stehen und zielte auf Bonds Magen.

»Jungs«, sagte Scaramanga, »ich stelle euch meinen persönlichen Assistenten vor, Mr. Mark Hazard aus London, England. Er ist herübergekommen, damit die Dinge während dieses Wochenendes hier glatt verlaufen. Kommen Sie, Mark, stellen Sie sich der Bande vor und reichen Sie die Appetitbrötchen herum.«

Er ließ den Revolver sinken und steckte ihn in den Hosenbund. James Bond setzte das Lächeln eines persönlichen Assistenten auf und ging an die Bar.

Vielleicht weil er Engländer war, wurden rundum die Hände geschüttelt.

Der Barmann in der roten Jacke fragte ihn nach seinen Wünschen, und er sagte: »Einen rosa Gin mit viel Bitter; Beefeater.« Dann sprach man über die Vorzüge verschiedener Ginmarken.

Alle anderen schienen Champagner zu trinken, außer Mr. Hendriks, der abseits von der Gruppe stand und sich an ein Schweppes-Zitronenbitter hielt.

Bond ging zwischen den Männern umher. Er plauderte mit ihnen über ihren Flug, das Wetter in den Staaten, die

Schönheiten Jamaikas. Er wollte die Stimmen mit den Namen verbinden. Er ging auf Mr. Hendriks zu.

»Wir beide scheinen hier die einzigen Europäer zu sein. Nehme an, Sie sind aus Holland. Bin oft durchgekommen. Nie lange dortgeblieben. Schönes Land.«

Die sehr blassen blauen Augen sahen Bond interesselos an.

»Danke ssehr.«

»Aus welchem Teil kommen Sie?«

»Den Haag.«

»Haben Sie lange dort gelebt?«

»Viele, viele Jahre.«

»Schöne Stadt.«

»Danke ssehr.«

»Ist das Ihr erster Besuch in Jamaika?«

»Nein.«

»Wie gefällt's Ihnen?«

»Ist ein schönes Land.«

Fast hätte Bond »Danke ssehr« gesagt. Er lächelte Mr. Hendriks aufmunternd zu, als wollte er sagen: »Bisher habe ich das ganze Rennen gemacht. Jetzt sind Sie an der Reihe, etwas zu sagen.«

Mr. Hendriks blickte an Bonds rechtem Ohr vorbei ins Nichts. Das Schweigen wurde drückend. Mr. Hendriks verlegte das Gewicht von einem Fuß auf den anderen und gab endlich nach. Seine Augen blickten gedankenvoll auf Bond.

»Und Sie, Sie sind doch aus London, nicht wahr?«

»Ja. Kennen Sie es?«

»Ich bin dort gewesen, ja.«

»Wo wohnen Sie gewöhnlich?«

»Bei Freunden.«

»Das muß angenehm sein.«

»Biette?«

»Ich meine, es ist angenehm, Freunde in einer fremden Stadt zu haben. Hotels gleichen einander zu sehr.«

»Das habe ich nicht gefunden. Entschuldigen biette.«

Mit einem entschlossenen Kopfnicken verließ Mr. Hen-

78

driks Bond und ging zu Scaramanga hinüber, der immer noch allein an der Bar lehnte.

Mr. Hendriks sagte etwas. Seine Worte wirkten auf den anderen wie ein Befehl. Mr. Scaramanga richtete sich auf und folgte Mr. Hendriks in einen hinteren Winkel des Raumes. Er stand da und hörte sich an, was Mr. Hendriks rasch zu ihm sagte.

Das interessierte Bond, der sich nun unter die übrigen mischte. Er nahm an, daß kein anderer Mann im Raum sich Scaramanga mit soviel Autorität hätte vorknöpfen können, und er registrierte viele schnelle Blicke in Richtung des abseits stehenden Paares. Nach Bonds Dafürhalten war das entweder die Mafia oder der KGB. Wahrscheinlich wußten es nicht einmal die anderen fünf genau, aber sie konnten wohl den geheimen Geruch der »Organisation« spüren, den Mr. Hendriks so stark ausströmte.

Das Mittagessen wurde angekündigt.

Der japanische Oberkellner schwebte zwischen zwei reichgedeckten Tafeln umher. Die Plätze waren durch Karten bezeichnet.

Am Kopfende des einen Tisches war Scaramanga Gastgeber, Bond saß am Kopfende des andern zwischen Mr. Paradise und Mr. Rotkopf.

Wie er erwartet hatte, war Mr. Paradise der wertvollere von den beiden, und während sie den üblichen Garnelencocktail, das Steak und den Fruchtsalat der amerikanisierten Auslandshotels hinter sich brachten, diskutierte Bond fröhlich über die Chancen beim Roulette, wenn es eine oder zwei Zeros gibt.

Mr. Rotkopfs einziger Beitrag war, daß er mit vollem Mund erzählte, er habe einmal im Black-Cat-Kasino in Miami drei Zeros probiert, aber das Experiment sei danebengegangen. Mr. Paradise meinte, das habe so kommen müssen.

»Du mußt die Trottel auch mal gewinnen lassen, Ruby, sonst kommen sie nicht wieder. Sicher, du kannst ihnen den Saft ausquetschen, aber du mußt ihnen die Kerne lassen. Wie bei meinen Münzmaschinen. Ich sag den

Kunden immer, seid nicht zu gierig. Stellt sie nicht auf dreißig Prozent fürs Haus, stellt sie auf zwanzig. Hast du je gehört, daß Mr. J. B. Morgan einen Reingewinn von zwanzig Prozent abgelehnt hat? Verdammt, nein! Warum also gescheiter sein wollen als solche Leute?«

Mr. Rotkopf sagte säuerlich: »Man muß schon große Gewinne machen, damit man gegen ein solches Dreckgeschäft wie das hier einen Ausgleich hat.« Er winkte mit der Hand. »Wenn du mich fragst«, – er spießte ein Stück Steak auf die Gabel – »so ißt du gerade jetzt das einzige Geld, das du je aus diesem Laden rausquetschen wirst.«

Mr. Paradise lehnte sich über den Tisch und sagte leise: »Weißt du etwas?«

Mr. Rotkopf erklärte: »Ich habe meinen Geldleuten immer gesagt, das verdammte Projekt geht vor die Hunde. Die verdammten Narren wollten nicht hören. Schau nur, wie weit wir jetzt nach drei Jahren sind: die zweite Hypothek fast aufgebraucht, und erst einen Stock hoch. Meine Meinung ist . . .«

Die Diskussion verstieg sich ins Reich der Hochfinanz.

Am Tisch nebenan wurde so gut wie überhaupt nicht gesprochen. Scaramanga war kein Freund vieler Worte. Für gesellschaftliche Gelegenheiten hatte er offenbar keine bereit. Mr. Hendriks strömte ein penetrantes Schweigen aus. Die drei Gangster brummten gelegentlich einen Satz vor sich hin, den niemand anhörte.

James Bond fragte sich, wie Scaramanga diese wenig versprechende Gesellschaft dazu hinreißen wollte, »sich wirklich gut zu unterhalten«.

Das Mittagessen war zu Ende, und die Leute suchten ihre Zimmer auf.

Bond ging zur Hinterseite des Hotels und fand eine weggeworfene Schindel auf einem Abfallhaufen.

Die Nachmittagssonne war glühend heiß, aber vom Meer blies der Doktorwind herein.

Er ging den Strand entlang, nahm Jacke und Krawatte ab, setzte sich in den Schatten eines Seetraubenbusches und

sah den Winkerkrabben zu, wie sie im Sand herumwühl-
ten, während er aus einem Stück Jamaikazeder kunstvoll
zwei dicke Keile schnitzte. Dann sah er auf die Uhr.
Höchste Zeit – 15.30 Uhr.

Er ging in sein Zimmer und nahm eine kalte Dusche,
probierte, ob die Zedernkeile ihren Zweck erfüllen würden, und ging den Gang hinunter zum Vestibül.

Der Geschäftsführer mit dem netten Anzug und dem
netten Gesicht kam hinter dem Empfangstisch hervor.

»Äh, Mr. Hazard.«

»Ja.«

»Ich glaube, Sie kennen meinen Assistenten, Mr. Travis,
noch nicht.«

»Nein, ich glaube nicht.«

»Würden Sie bitte einen Augenblick zu ihm ins Büro
gehen?«

»Vielleicht später. In ein paar Minuten beginnt diese
Konferenz.«

Der nette Mann kam einen Schritt näher.

Er sagte ruhig: »Er wünscht ganz besonders, Sie kennenzu-
lernen, Mr. . . . äh . . . Bond.«

Bond fluchte innerlich. Immer wieder passierte das in
diesem Geschäft.

Bond sah den Mann mit dem Blick des Erkennens an, der
zwischen Verbrechern, zwischen Homosexuellen, zwischen Geheimagenten besteht. Es ist der Blick von Männern, die durch ein Geheimnis, durch gemeinsame
Schwierigkeiten verbunden sind. »Machen wir's lieber
rasch.«

Der nette Mann trat hinter seinen Tisch und öffnete eine
Tür.

Bond ging hindurch, und der nette Mann schloß die Tür
hinter ihnen.

Ein großer, schlanker Mann stand neben einem Aktenschrank. Er drehte sich um. Er hatte ein hageres, gebräun-
tes Texanergesicht unter einem widerspenstigen Gewirr
glatten, blonden Haares und statt einer rechten Hand einen

81

glänzenden Stahlhaken.

Bond blieb wie angewurzelt stehen.

Ein Lächeln überzog sein Gesicht.

War es drei Jahre her oder vier?

Er sagte: »Du verdammter, lausiger Gauner. Was, zum Teufel, treibst du hier?«

Er ging auf den Mann zu und schlug ihn hart auf den Oberarm. Das Grinsen war etwas gefurchter, als es Bond in Erinnerung hatte, aber noch ebenso freundlich und ironisch.

Mr. Travis sagte: »Mein Name ist Leiter, Mr. Felix Leiter. Vorübergehend Buchhalter im *Thunderbird-Hotel*, ausgeliehen vom Morgan Guarantee Trust. Wir kontrollieren eben Ihre Kreditbewertung, Mr. Hazard. Würden Sie freundlichst einen Beweis dafür geben, daß Sie der sind, der Sie zu sein behaupten?«

9

James Bond, fast leichtsinnig vor Vergnügen, nahm eine Handvoll Reiseliteratur vom Schreibtisch, sagte »Hallo« zu Mr. Gengerella, der nicht antwortete, und folgte ihm ins Vestibül des Konferenzraumes.

Sie waren die letzten.

Scaramanga, neben der offenen Tür zum Konferenzraum, sah verstimmt auf die Uhr und sagte zu Bond: »Okay, Junge. Schließen Sie die Tür ab, wenn wir alle drinnen sind, und lassen Sie niemanden hinein, auch wenn das Hotel zu brennen anfängt.«

Er wandte sich an den Barmann hinter dem reichbestückten Büfett: »Verschwinde, Joe. Ich werde dich später rufen.«

Zu den anderen sagte er: »In Ordnung. Wir sind alle da. Fangen wir an.«

Er ging voran in den Konferenzraum, und die sechs Männer folgten ihm. Bond stand neben der Tür und merkte sich

82

die Sitzordnung rund um den Tisch.

Er schloß die Tür, versperrte sie und verriegelte schnell auch den Ausgang aus dem Vestibül.

Dann nahm er ein Champagnerglas vom Büfett, zog einen Stuhl heran und stellte ihn knapp neben die Tür zum Konferenzraum. Er hielt die Höhlung des Champagnerglases so nah als möglich an eine Türangel, nahm das Glas am Schaft und hielt sein linkes Ohr an den Fuß. Durch diesen groben Verstärker vernahm er aus dem Stimmengeräusch Mr. Hendriks' Worte:

». . . ich werde also jetzt von meinen Vorgesetzten in Europa berichten . . .«

Die Stimme machte eine Pause, und Bond hörte ein anderes Geräusch, das Knarren eines Stuhles.

Schnell zog er seinen Sessel ein paar Schritte zurück, öffnete einen Reiseprospekt auf seinem Schoß und hob das Glas an die Lippen.

Die Tür ging auf, und Scaramanga stand in der Öffnung, seinen Hauptschlüssel um den Finger wirbelnd.

»Okay, Junge«, sagte er, »wollte nur nachsehen«, dann stieß er die Tür mit dem Fuß zu.

Bond versperrte sie geräuschvoll und nahm seinen Platz wieder ein.

Mr. Hendriks sagte: »Ich habe eine höchst wichtige Botschaft für unseren Vorsitzenden. Sie kommt aus sicherer Quelle. Es gibt einen Mann namens James Bond, der ihn hier in der Gegend sucht. Dieser Mann ist vom britischen Geheimdienst. Ich habe keine Informationen über den Mann und auch keine Beschreibung, er scheint aber von meinen Vorgesetzten ssehr hoch eingeschätzt zu werden. Mr. Scaramanga, haben Sie von diesem Mann gehört?«

Scaramanga schnaubte. »Verdammt, nein. Was soll mich das kümmern? Von Zeit zu Zeit esse ich einen ihrer berühmten Geheimagenten zum Frühstück. Erst vor zehn Tagen hab ich einen erledigt, der aufgekreuzt ist, um mir nachzuschnüffeln. Einen Mann namens Ross. Seine Leiche sinkt jetzt sehr langsam auf den Boden eines Asphaltsees in

Osttrinidad – der Ort heißt La Brea. Die Ölgesellschaft, die Leute vom Trinidad-Asphaltsee, werden dieser Tage zu ihrem Erstaunen ein interessantes Faß Rohöl finden. Nächste Frage bitte, Mr. Hendriks.«

»Als nächstes möchte ich erfahren, welche Politik die Gruppe in der Angelegenheit der Zuckerrohrsabotage verfolgt. Bei unserer Versammlung vor sechs Monaten in Havanna wurde entgegen meiner Minoritätsstimme beschlossen, im Austausch gegen gewisse Vorteile Fidel Castro zu Hilfe zu kommen und ihm zu ermöglichen, den Weltmarktpreis für Zucker aufrechtzuerhalten und ssogar zu erhöhen, um den durch den Hurrikan Flora verursachten Schaden wettzumachen. Seit damals hat es zahlreiche Feuer auf den Zuckerrohrfeldern Jamaikas und Trinidads gegeben. In diesem Zusammenhang ist es meinen Vorgesetzten zu Ohren gekommen, daß einzelne Mitglieder der Gruppe, und zwar« – man hörte Papier rascheln – »die Herren Gengerella, Rotkopf und Binion, ebenso der Vorsitzende, für Juli bedeutende Terminkäufe in Zucker zum Zwecke privater Bereicherung getätigt haben . . .«

In der Tischrunde entstand ein ärgerliches Murmeln.

»Warum sollten wir . . .?«

»Warum sollten sie nicht . . .?«

Gengerellas Stimme übertönte die anderen. Er rief: »Wer, zum Teufel, hat gesagt, daß wir kein Geld verdienen sollen? Ist das nicht eines der Ziele der Gruppe? Ich frage Sie nochmals, Mr. Hendriks, wie ich Sie vor sechs Monaten gefragt habe, wer von Ihren sogenannten ›Vorgesetzten‹ hat denn zum Teufel ein Interesse daran, den Preis von Rohzucker niedrigzuhalten? Ich würde wetten, die meistinteressierte Partei bei einem solchen Spiel wäre Sowjetrußland. Schließlich verkaufen sie gegen Lieferung von Rohzucker Waren an Kuba, einschließlich, möchte ich sagen, der letzten mißlungenen Lieferung von Fernlenkgeschossen zum Abschuß gegen meine Heimat. Sie sind gerissene Händler, die Roten. In ihrer falschen Art, sogar

einem Freund und Verbündeten gegenüber, werden sie
mehr Zucker für weniger Waren haben wollen. Ja? Ich
nehme an«, höhnte die Stimme, »einer Ihrer Vorgesetzten,
Mr. Hendriks, amtiert möglicherweise im Kreml?«
Die Stimme Scaramangas schnitt durch das darauffolgende
Stimmengewirr.
»Aber, meine Herren!«
Widerwilliges Schweigen folgte.
»Als wir diese Kooperative gründeten, stimmten wir alle
darin überein, daß das erste Ziel Zusammenarbeit sein
sollte. In Ordnung also. Mr. Hendriks, ich möchte, daß Sie
ein klareres Bild von der Sachlage gewinnen. Was die
allgemeinen Finanzen der Gruppe betrifft, so haben wir
eine günstige Situation vor uns. Als Investitionsgruppe
besitzen wir gute und schlechte Anlagen. Zucker ist eine
gute Anlage, der wir unsere Aufmerksamkeit zuwenden
sollten, auch wenn gewisse Mitglieder der Gruppe
beschlossen haben, nicht mitzutun. Verstehen Sie mich?
Jetzt hören Sie bitte weiter. Sechs von der Gruppe kontrollierte Schiffe liegen im Augenblick außerhalb von New
York und anderen US-Häfen vor Anker. Diese Schiffe
haben Rohzucker geladen. Diese Schiffe, Mr. Hendriks,
werden nicht anlegen und ausladen, ehe nicht die Termin-
preise für Julizucker um weitere zehn Prozent gestiegen
sind. Das Landwirtschaftsministerium in Washington und
die Zuckerbörse wissen das. Sie wissen, daß wir sie an der
Gurgel haben. Inzwischen stürzt sich die Alkoholbörse auf
sie – nicht zu reden von den Russen. Der Preis für Melasse
steigt mit dem Zuckerpreis, und die Alkoholbarone setzen
Himmel und Hölle in Bewegung und wollen unsere Schiffe
hereinbekommen, ehe es zu einem wirklichen Engpaß
kommt und der Preis ins Unerschwingliche steigt. Aber es
gibt noch eine andere Seite. Wir müssen unsere Mann-
schaft bezahlen und unsere Charterrechnungen und so
weiter, und festliegende Schiffe sind tote Schiffe, glatter
Verlust. Im Geschäft heißt die Situation, die wir herbeige-
führt haben, Schwimmertragsspiel – unsere Schiffe außer-

halb der Küste formiert gegen die Regierung der Vereinigten Staaten. Schön. Also, vier von uns stehen vor einem Gewinn oder Verlust von ungefähr zehn Millionen Dollar – wir und unsere Geldleute. Und wir haben dieses kleine Geschäft des *Thunderbird-Hotels* auf der Sollseite. Was meinen Sie nun, Mr. Hendriks? Selbstverständlich verbrennen wir die Ernten, wo wir können. Ich stehe sehr gut mit den Rastafaris – das ist eine lokale Sekte, die sich Bärte wachsen läßt, Ganja raucht und überwiegend auf einem Landstück außerhalb von Kingston lebt, das Dungle, Misthügel, heißt. Außerdem glauben sie, daß sie eigentlich Untertanen des Königs von Äthiopien, Zog oder so ähnlich, sind, und daß das ihre richtige Heimat ist. Dort bei ihnen habe ich einen Mann, der für sie das Ganja besorgt; das laß ich ihm regelmäßig zukommen, und dafür gibt's massenhaft Brände und Schwierigkeiten auf den Zuckerpflanzungen. Also, Mr. Hendriks, sagen Sie einfach Ihren Vorgesetzten, wenn etwas hinaufgeht, muß es auch wieder hinuntergehen, und das gilt für den Zuckerpreis wie für alles andere. In Ordnung?«

Mr. Hendriks sagte: »Ich werde Ihre Worte weitergeben, Mr. Scaramanga. Sie werden keine Freude wecken. Da ist nun die Sache mit dem Hotel. Wie steht es da, biette ssehr? Ich glaube, wir möchten alle die genaue Situation kennen, nicht wahr?«

Beifälliges Gemurmel.

Mr. Scaramanga erging sich in einer langen Erklärung, die für Bond von nur geringem Interesse war. Felix Leiter würde sie auf jeden Fall in der Lade seines Aktenschranks auf Band aufnehmen. Diesbezüglich hatte er Bond ganz und gar beruhigt.

Der nette Amerikaner, hatte Leiter erklärt, als er ihm kurz das Wichtigste erzählte, war in Wirklichkeit ein gewisser Mr. Nick Nicholson von der CIA. Er kümmerte sich im besonderen um Mr. Hendriks, der, wie Bond vermutet hatte, ein leitender Mann des KGB war.

Der KGB hat eine Vorliebe für versteckte Kontrolle – ein

Mann in Genf zum Beispiel war ständiger Leiter für Italien, und Mr. Hendriks im Haag war tatsächlich ständiger Leiter für die Karibik und hatte die Aufsicht über das Zentrum in Havanna. Leiter arbeitete immer noch bei Pinkerton, stand aber bei der CIA in Reserve, die ihn auch für diesen besonderen Auftrag mobilisiert hatte. Er sollte die Gruppe ausforschen und herausfinden, was sie vorhatte.

Sie waren alle wohlbekannte Gangster, um die sich normalerweise das FBI gekümmert hätte, aber Gengerella war ein Capo Mafioso, und das war das erstemal, daß man eine Zusammenarbeit zwischen der Mafia und dem KGB festgestellt hatte – eine höchst bedenkliche Partnerschaft, die um jeden Preis schnell unterbrochen werden mußte, nötigenfalls durch harte Maßnahmen.

Nick Nicholson, der eigentlich Mr. Stanley Jones hieß, war Elektronikspezialist. Er hatte die Hauptleitung zu Scaramangas Aufnahmeapparatur unter dem Boden der Elektrozentrale entdeckt und das Mikrophonkabel an seinen eigenen Bandaufnahmeapparat im Aktenschrank angeschlossen.

Bond brauchte sich also nicht allzu viele Sorgen zu machen. Er horchte aus Neugierde und um Dinge zu ergänzen, die allenfalls im Vestibül oder außer Reichweite des präparierten Telefons auf dem Konferenztisch vorfallen mochten.

Bond hatte den Grund seiner Anwesenheit erklärt.

Darauf hatte Leiter einen langen Pfiff anerkennenden Respekts ausgestoßen.

Bond hatte eingewilligt, sich von den beiden anderen fernzuhalten und auf eigene Faust zu operieren, aber sie hatten für den Notfall einen Treffpunkt und einen Ort zur Übergabe von Nachrichten in der unvollendeten und daher »außer Betrieb« stehenden Herrentoilette neben dem Vestibül vereinbart. Nicholson hatte ihm einen Hauptschlüssel für diesen und für alle anderen Räume gegeben, dann hatte Bond sich beeilen müssen, um zur Versammlung zu kommen.

James Bond fühlte sich durch diese unerwarteten Verstärkungen ungemein beruhigt. Er hatte bei einigen seiner gefährlichsten Einsätze mit Leiter gearbeitet. Es gab keinen zweiten wie ihn, wenn es schlecht stand. Obwohl Leiter anstelle der rechten Hand nur einen Stahlhaken besaß – eine Erinnerung an einen solchen Einsatz –, war er einer der besten einarmigen Linkshandschützen in den Staaten, und der Haken selbst konnte im Nahkampf eine fürchterliche Waffe sein.

Scaramanga beendete seine Ausführungen.

»Die Nettobilanz ist also, meine Herren, daß wir zehn Millionen Dollar finden müssen. Die Interessenten, die ich vertrete, das sind die der Majorität, schlagen vor, diese Summe durch Ausgabe von Schuldscheinen aufzubringen, mit zehnprozentiger Verzinsung und rückzahlbar innerhalb von zehn Jahren. Diese Schuldscheine sollen Priorität vor allen anderen Anleihen besitzen.«

Ärgerlich meldete sich Mr. Rotkopfs Stimme.

»Nein, zum Teufel, kommt ja gar nicht in Frage, Mister. Was ist dann mit der siebenprozentigen Hypothek, die ich und meine Freunde erst vor einem Jahr aufgebracht haben? Was, glauben Sie, werde ich zu hören kriegen, wenn ich mit so einem Gerede nach Las Vegas zurückkomme? Rausschmeißen werden sie mich! Und da bin ich noch optimistisch.«

»Bettler können nicht wählerisch sein, Ruby. Entweder das, oder wir schließen. Was habt ihr anderen zu sagen?«

Hendriks erklärte: »Zehn Prozent auf eine Erstbelastung ist kutes Keschäft. Meine Freunde und ich übernehmen eine Million Dollar. Unter der Voraussetzung natürlich, daß die Bedingungen der Ausgabe, wie ssoll ich ssagen, substantieller sind, weniger Möglichkeit zu Mißverständnissen geben als die zweite Hypothek von Mr. Rotkopf und seinen Freunden.«

»Selbstverständlich. Und ich und meine Freunde übernehmen gleichfalls eine Million. Sam?«

Mr. Binion sagte widerwillig: »Okay, okay. Notieren Sie uns für die gleiche Summe. Aber, zum Henker, das muß die letzte Anleihe sein.«

»Mr. Gengerella?«

»Klingt nach 'nem guten Geschäft. Ich übernehme den Rest.«

Die Stimmen von Mr. Garfinkel und Mr. Paradise fielen aufgeregt ein. Garfinkel zuerst: »Zum Teufel, das wirst du nicht. Ich übernehme eine Million.«

»Und ich auch«, schrie Mr. Paradise. »Zerschneiden wir den Kuchen in gleiche Teile. Aber verdammt, seien wir anständig zu Ruby. Ruby, du müßtest die erste Wahl haben. Wieviel willst du? Du kannst dir's aussuchen.«

»Keinen verdammten Cent will ich von euren windigen Schuldscheinen. Sobald ich zurück bin, hol ich mir die verdammt besten Anwälte in den Staaten, und zwar alle. Ihr glaubt, ihr könnt eine Hypothek einfach ausschalten, indem ihr es sagt – da müßt ihr euch aber noch was anderes überlegen.«

Stille.

Scaramangas Stimme kam leise und tödlich, und die anderen spürten die Spannung.

»Du machst einen schweren Fehler, Ruby. Da hast du eine schöne fette Steuerabschreibung zur Hand, die du gegen deine Interessen in Vegas setzen kannst. Und vergiß nicht, als wir die Gruppe gründeten, haben wir alle einen Eid geschworen, niemand würde gegen die Interessen der anderen handeln. Ist das dein letztes Wort?«

»Verdammt, ja.«

»Sollte dir das helfen, deine Meinung zu ändern? In Kuba haben sie einen Slogan dafür – Rapido! Seguro! Economico! – schnell, sicher, wirtschaftlich; so arbeitet das System.«

Der Schreckensschrei und die Explosion kamen gleichzeitig. Ein Stuhl fiel zu Boden, und einen Moment lang war es still.

Dann hustete jemand nervös.

Mr. Gengerella sagte gelassen: »Ich denke, das war die richtige Lösung eines peinlichen Interessenkonfliktes.

Rubys Freunde in Vegas haben eine Vorliebe für ein ruhiges Leben. Ich bezweifle, daß sie sich auch nur beschweren werden. Es ist besser, lebender Besitzer von schön gedrucktem Papier zu sein als toter Inhaber einer zweiten Hypothek. Schreib sie für eine Million ein, Pistol. Meiner Meinung nach hast du schnell und korrekt gehandelt. Kannst du das hier nun in Ordnung bringen?«

»Sicher, sicher.« Mr. Scaramangas Stimme klang gelöst, fröhlich. »Ruby ist von hier nach Vegas zurückgefahren. Man hat nichts mehr von ihm gehört. Wir wissen gar nichts. Da drunten im Fluß hab' ich 'n paar hungrige Zähne. Sie werden ihm freien Transport an seinen Bestimmungsort gewähren – und seinem Gepäck, wenn's aus gutem Leder ist. Heut abend muß mir jemand helfen. Was ist mit dir, Sam? Und mit dir, Louie?«

»Mit mir mußt du nicht rechnen, Pistol, ich bin ein guter Katholik.«

Mr. Hendriks sagte: »Ich gehe an seiner Stelle. Ich bin kein Katholik.«

»In Ordnung. Also, Jungs, sonst noch etwas? Wenn nicht, brechen wir jetzt die Versammlung ab und nehmen einen Drink.« Hal Garfinkel sagte nervös: »Einen Augenblick, Pistol. Was ist mit dem Kerl da draußen? Dem Engländer? Was wird der zu dem Feuerwerk sagen und alledem?«

Mr. Scaramangas Kichern war trocken wie das eines Geckos.

»Sorg dich nur nicht um den Limey, Hal. Wenn das Wochenende vorbei ist, wird für ihn gesorgt. Die Zähne da unten haben großen Appetit. Das Hauptgericht wird Ruby sein, aber sie brauchen 'ne Nachspeise. Das ist meine Sorge. Er könnte dieser James Bond sein. Ich hab Limeys nicht gern. Aufgeblasene Schweinehunde. Arrogante Nullen. Sobald es an der Zeit ist, laß ich dem da die Luft raus. Überlaß ihn nur mir. Oder sagen wir, überlassen wir ihn dem da.«

Bond lächelte dünn. Er konnte sich vorstellen, wie der

goldene Revolver gezogen, um den Finger gewirbelt und in den Hosenbund gesteckt wurde.

Er stand auf und schob seinen Stuhl von der Tür weg, schüttete Champagner in das Glas, lehnte sich an das Büfett und studierte den neuesten Prospekt des Fremdenverkehrsamtes von Jamaika. Scaramangas Hauptschlüssel klickte im Schloß. Er blickte von der Tür aus Bond an.

Er strich mit dem Finger über den schmalen Schnurrbart.

»Okay, mein Junge, ich denke, das war nun genug Champagner auf Kosten des Hauses. Gehn Sie rüber zum Geschäftsführer und sagen Sie ihm, daß Mr. Ruby Rotkopf heute abend wegfährt. Die Einzelheiten werde ich ihm mitteilen. Und sagen Sie, daß während der Versammlung eine Hauptsicherung durchgebrannt ist. Ich werde diesen Raum abschließen und untersuchen, warum wir soviel schlechte Facharbeit hier im Hause haben. Okay? Dann Drinks und Abendessen, und lassen Sie die Tanzmädchen kommen. Sind Sie im Bilde?«

James bejahte, drückte sich sanft zur Vestibültür und schloß sie auf.

Er war jetzt tatsächlich im Bilde. Und es war ein außerordentlich klares Schwarzweißbild ohne irgendwelche Unschärfen.

10

Im hinteren Büro ging James Bond schnell die Hauptpunkte der Versammlung durch.

Nick Nicholson und Felix Leiter waren sich darüber einig, daß sie, unterstützt von Bond, genug auf Band hatten, um Scaramanga auf den elektrischen Stuhl zu bringen.

Diese Nacht würde einer von ihnen ein wenig herumschnüffeln, während Rotkopfs Leiche fortgeschafft wurde, und er würde versuchen, genügend Beweise zu beschaffen, um Garfinkel und, noch besser, Hendriks als Mithelfer anklagen zu können.

Aber die Aussichten für James Bond gefielen ihnen gar nicht.

Felix befahl ihm: »Daß du dich nur ja keinen Zentimeter ohne deine alte Knarre bewegst. Wir möchten nicht nochmals deinen Nachruf in der *Times* lesen.«

Bond ging auf sein Zimmer, trank zwei große Schluck Bourbon, nahm eine kalte Dusche, legte sich aufs Bett und blickte an die Decke, bis es 20.30 Uhr war und Zeit fürs Dinner.

Das Essen verlief weniger steif als am Mittag. Alle waren zufrieden, wie sich das Geschäft im Lauf des Tages entwikkelt hatte, und alle außer Scaramanga und Mr. Hendriks hatten offensichtlich ausgiebig getrunken.

Bond fand sich von der fröhlichen Unterhaltung ausgeschlossen. Man mied seinen Blick, und die Antworten auf seine Versuche, Konversation zu machen, blieben einsilbig.

Er war unwillkommen.

Er hatte vom Chef die Todeskarte zugeteilt bekommen. Er war bestimmt kein Mann, mit dem man sich anfreunden sollte.

Die Mahlzeit verlief langsam. Unterdessen wurde der Raum mit Hilfe von Topfpflanzen, Orangen, Kokosnüssen und einzelnen Bananenstauden als Hintergrund für den Calypsoabend in einen »Tropenurwald« verwandelt. Dann erschien die Kapelle in Weinrot mit Goldkrausen an den Hemden und spielte viel zu laut »Linstead Market«.

Die Nummer ging zu Ende. Ein annehmbares, aber sehr bekleidetes Mädchen trat auf und begann »Belly-Lick« mit dem druckfähigen Text zu singen. Sie trug eine falsche Ananas als Kopfputz.

Bond hatte keine Lust, die ärgste Qual, Langweile, zu erdulden, stand auf und ging zum Kopfende des Tisches.

Er erklärte Scaramanga: »Ich habe Kopfschmerzen. Ich gehe zu Bett.«

Mr. Scaramanga sah unter seinen Eidechsenlidern hoch.

»Nein. Wenn Sie finden, daß der Abend keinen Schwung hat, dann sorgen Sie eben dafür, daß er welchen bekommt. Dafür werden Sie ja bezahlt. Sie benehmen sich, als ob Sie Jamaika kennen würden. Okay. Bringen Sie diese Leute in Trab.«

Es war viele Jahre her, seit James Bond zum letztenmal eine solche Herausforderung angenommen hatte.

Er fühlte die Blicke der Gruppe auf sich. Seine Drinks machten ihn sorglos. Blödsinnigerweise wollte er diesen harten Burschen, die ihn für unbedeutend hielten, seine Überlegenheit beweisen. Er bedachte nicht, daß das eine schlechte Taktik war, daß es für ihn besser gewesen wäre, der schwache Limey zu sein.

Er sagte: »Na schön, Mr. Scaramanga. Geben Sie mir einen Hundertdollarschein und Ihren Revolver.«

Scaramanga rührte sich nicht. Er blickte Bond erstaunt an. Louie Paradise schrie grob: »Vorwärts, Pistol! Laß uns Taten sehen! Vielleicht zeigt uns der Kerl was!«

Scaramanga griff in seine Hüfttasche, holte sein Geld hervor und zog einen Schein heraus. Dann langte er an seinen Hosenbund und brachte langsam den Revolver zum Vorschein. Das matte Licht des Scheinwerfers blitzte auf seinem Goldbelag.

Er legte beides nebeneinander auf den Tisch.

James Bond, mit dem Rücken zur Kapelle, nahm den Revolver und wog ihn in der Hand. Er zog den Hahn zurück und drehte mit einer Handbewegung den Zylinder, um zu kontrollieren, ob er geladen war.

Dann plötzlich fuhr er herum, ließ sich aufs Knie fallen, um sicher zu sein, daß sein Ziel über dem Schatten der Musiker im Hintergrund liegen würde, streckte den Arm geradeaus und drückte ab. Der Knall in dem geschlossenen Raum war ohrenbetäubend.

Die Musik brach ab. Gespanntes Schweigen. Die Reste der falschen Ananas schlugen im Hintergrund mit leisem Bums auf. Das Mädchen im Scheinwerferlicht hielt die Hände vors Gesicht und sank langsam zu Boden.

Der Maître d'hôtel kam aus dem Schatten angelaufen.

Während die Gruppe durcheinanderzureden begann, nahm James Bond die Hundertdollarnote und ging ins Scheinwerferlicht. Er bückte sich und zog das Mädchen am Arm hoch. Er schob den Dollarschein in ihren Busen und sagte: »Wir haben da zusammen eine hübsche Vorstellung gegeben, Liebling. Keine Angst, du warst nicht in Gefahr; ich habe auf die obere Hälfte der Ananas gezielt. Lauf jetzt und mach dich fertig für deinen nächsten Auftritt.« Er drehte sie um und gab ihr einen festen Klaps hintendrauf. Sie warf ihm einen schreckerfüllten Blick zu und verschwand im Dunkeln.

Bond ging weiter zur Kapelle.

»Wer ist euer Leiter?« fragte er.

Der Gitarrist, ein großer, hagerer Neger, stand langsam auf. Man sah das Weiße in seinen Augen. Er blinzelte auf den goldenen Revolver in Bonds Hand.

Er sagte unsicher, als unterzeichne er sein eigenes Todesurteil: »Ich, Sah.«

»Wie heißt du?«

»King Tiger, Sah.«

»Na schön, King, hör mal zu. Das ist kein Frühstück bei der Heilsarmee. Mr. Scaramangas Freunde wollen was zu sehen kriegen. Und es soll gepfeffert sein. Ich werd euch 'ne Ladung Rum schicken zwecks Entspannung. Raucht, wenn ihr wollt, Ganja. Wir sind hier ganz privat. Niemand wird euch dreinreden. Und bringt das hübsche Mädel wieder, aber mit nur halb soviel Kleidern, und sie soll herkommen und »Belly-Lick« sehr deutlich singen, aber mit dem unanständigen Text. Und am Ende der Vorführung hat sie und die anderen Mädchen ein Strip-tease zu machen, aber ganz. Verstanden? Also jetzt vorwärts, sonst ist der Abend bald zu Ende, und es gibt kein Trinkgeld. Okay? Also, dann los.«

Nervöses Gelächter und Geflüster von den sechs Mann der Combo ermunterten King Tiger. Er grinste breit.

»Okay, Käpt'n, Sah.« Er wandte sich an seine Leute.

»Macht jetzt ›Iron Bar‹, aber richtig hot. Ich geh Daisy und die andern Mädels ein bißchen aufpulvern.
Er trollte sich zum Dienstausgang, und die Band legte los. Bond ging zu Scaramanga zurück und legte den Revolver vor ihn hin. Scaramanga warf Bond einen langen Blick zu und steckte die Waffe wieder in seinen Hosenbund.
»Wir müssen dieser Tage mal ein Konkurrenzschießen veranstalten, Mister«, sagte er trocken. »Wie steht's damit? Zwanzig Schritt, und Wunden gelten nicht.«
»Danke«, sagte Bond, »aber meine Mutter wäre damit nicht einverstanden. Wollen Sie der Kapelle Rum schicken? Diese Jungs können trocken nicht spielen.«
Er ging wieder an seinen Platz.
Man bemerkte ihn kaum. Die fünf Männer, oder vielmehr vier von ihnen, denn Hendriks saß den ganzen Abend ungerührt da, strengten ihre Ohren an, um die schlüpfrigen Worte der Fanny-Hill-Version von »Iron Bar« zu verstehen.
Vier Mädchen, dralle Busentierchen, mit nichts als einer weißen, mit Goldmünzen behängten Cellosaite bekleidet, kamen herausgelaufen, näherten sich den Zuhörern, produzierten sich mit einem verzückten Bauchtanz und brachten die Schläfen von Louie Paradise und Hal Garfinkel in Schweiß.
Die Nummer endete unter Beifallsklatschen, die Mädchen gingen ab, und die Lichter wurden gelöscht. Nur ein kleiner Lichtkreis blieb in der Mitte des Parketts. Der Schlagzeuger begann auf seiner Calypsotrommel rasch zu hämmern. Der Diensteingang ging auf und schloß sich wieder, und ein merkwürdiges Ding wurde in die Mitte des Lichtkreises gerollt. Es war eine riesige Hand, vielleicht zwei Meter hoch, aus schwarzem gepolstertem Leder. Sie stand, an der breiten Grundfläche halb geöffnet, mit ausgestreckten Fingern da, als sei sie bereit, etwas zu fangen.
Der Schlagzeuger beschleunigte sein Tempo.
Der Diensteingang öffnete sich, eine glänzende Gestalt

schlüpfte hindurch und blieb kurz im Finstern stehen. Dann schritt sie mit zuckenden Bewegungen in den Lichtkreis um die Hand.

Sie hatte Chinesenblut, und ihr Körper, völlig nackt und glänzend von Palmöl, sah gegen die schwarze Hand fast weiß aus.

Während sie sich ruckweise um die Hand bewegte, liebkoste sie deren ausgestreckte Finger mit Händen und Armen, dann kletterte sie mit gut gespielten, hilflos werdenden Bewegungen in die Handfläche und vollführte abwechselnd mit jedem Finger schwüle, aber einfallsreiche, deutliche Liebesbewegungen.

Die Szene, die schwarze Hand, jetzt glänzend vom Öl, die den sich windenden weißen Körper zu greifen schien, war unglaublich wollüstig. Bond, selbst nicht ungerührt, bemerkte, daß sogar Scaramanga begeistert zusah, die Augen zu schmalen Schlitzen verengt.

Der Schlagzeuger hatte sich jetzt in ein Crescendo gesteigert.

Das Mädchen, in gutgespielter Ekstase, kletterte den Daumen hoch und fiel langsam in Ohnmacht, dann glitt sie herab und verschwand durch den Eingang.

Die Nummer war zu Ende.

Die Lichter gingen an, und alle, einschließlich der Combo, applaudierten laut.

Die Männer erwachten einzeln aus ihrer animalischen Trance. Scaramanga klatschte in die Hände als Zeichen für den Kapellmeister, nahm einen Schein aus der Brieftasche und sagte leise etwas zu ihm. Bond hegte den Verdacht, daß der Häuptling sich seine Braut für die Nacht gewählt hatte.

Nach diesem begeisternden Stück Sexualscharade war der Rest des Kabaretts eher enttäuschend.

Eines der Mädchen, dem der Kapellmeister die Cellosaite mit einem Buschmesser abgehauen hatte, war imstande, sich unter einer Bambusstange durchzuwinden, die weniger als einen halben Meter über dem Boden auf zwei

96

Bierflaschen ruhte.

Das erste Mädchen, das als Ananasträgerin unabsichtlich für Bonds Wilhelm-Tell-Akt gedient hatte, kam heraus und verband ein ganz nettes Strip-tease mit einer Wiedergabe von »Belly-Lick«, bei der das Publikum neuerlich die Ohren spitzte; dann kam die ganze Gruppe von sechs Mädchen, ausgenommen die chinesische Schönheit, zu den Zuschauern heraus und forderte sie zum Tanzen auf.

Scaramanga und Hendriks lehnten höflich ab, worauf Bond den beiden übriggebliebenen Mädchen Champagner einschenkte und erfuhr, daß sie Mabel und Pearl hießen. Er schaute zu, wie die vier anderen von den ungeschickten Umarmungen der vier schwitzenden Gauner fast zerdrückt wurden, als sie zu der jetzt tobenden Musik der halbbetrunkenen Kapelle schwerfällig durch den Raum cha-cha-ten.

Der Höhepunkt der sich anbahnenden Orgie war deutlich in Sicht. Bond sagte seinen beiden Mädchen, er gehe zur Toilette, und drückte sich, als Scaramanga anderswo hinsah; aber er bemerkte, daß Hendriks' Blick kühl auf ihn gerichtet war.

Als Bond auf sein Zimmer kam, war es Mitternacht.

Seine Fenster waren geschlossen und die Klimaanlage eingeschaltet. Er drehte sie aus und öffnete die Fenster zur Hälfte, dann nahm er eine Dusche, legte seinen Revolver unter das Kissen und ging ins Bett.

Er machte sich eine Zeitlang Vorwürfe, weil er mit dem Revolver angegeben hatte, aber das war eine Torheit, die er nicht ungeschehen machen konnte. Er schlief bald ein und träumte von drei Männern in schwarzen Mänteln, die ein unförmiges Bündel durch Mondlichtflecken zu einem schwarzen Gewässer schleppten, das voll glänzender roter Augen war.

Das Knirschen der weißen Zähne und das Krachen der Knochen ging in ein fortgesetztes Kratzgeräusch über, das ihn plötzlich weckte.

Er sah auf die Leuchtziffern seiner Uhr. 3.30 Uhr.

Aus dem Kratzen wurde ein leises Klopfen hinter den Vorhängen.

James Bond glitt aus dem Bett, nahm seinen Revolver unter dem Kissen hervor und schlich leise der Wand entlang. Er zog die Vorhänge mit einer raschen Bewegung zur Seite. Das Goldhaar schien fast silbern im Mondlicht. Mary Goodnight wisperte: »Schnell, James. Hilf mir hinein.«

Bond fluchte leise. Was, zum Teufel? Er legte seinen Revolver auf den Teppich und griff nach ihren ausgestreckten Händen. Halb zog er, halb schob er sie über das Fensterbrett. Im letzten Augenblick verfing sich ihr Stökkelschuh im Rahmen, und das Fenster schlug mit dem Krach eines Pistolenschusses zu.

Bond fluchte wieder. Mary Goodnight flüsterte zerknirscht: »Tut mir schrecklich leid, James.«

»Sei still!«

Er legte den Revolver wieder unters Kissen und führte sie durchs Zimmer zum Bad. Er drehte das Licht an und vorsichtigerweise die Dusche. Mary schnappte nach Luft, und er bemerkte, daß er nackt war.

Er sagte: »Entschuldige, Goodnight«, griff nach einem Handtuch, wand es sich um die Hüften und setzte sich auf den Rand der Wanne. »Was, zum Teufel, tust du hier, Mary?« sagte er eisig. Ihre Stimme klang verzweifelt.

»Ich mußte kommen. Ich mußte dich irgendwo finden. Das Mädchen in dem, äh, schrecklichen Lokal hat mich hergeschickt. Den Wagen hab ich auf dem Weg unter den Bäumen gelassen, und dann hab ich herumgesucht. In einigen Zimmern war Licht, da hab ich gehorcht und, äh«, sie wurde dunkelrot, »dachte mir, du könntest in keinem davon sein; dann sah ich das offene Fenster, und irgendwie wußte ich, du würdest der einzige sein, der bei offenem Fenster schläft. Da hab ich's eben versucht.«

»Nun, wir müssen versuchen, dich so rasch wie möglich wieder hier rauszukriegen. Aber was ist los?«

»Ein ›Ganz Dringend‹ in Dreifach-X kam heute abend.

Ich meine, gestern abend. Du solltest es um jeden Preis bekommen. London glaubt, du seist in Havanna. Es besagt, daß einer der leitenden Leute des KGB namens Hendriks hier in der Gegend ist und dieses Hotel aufsuchen wird. Du sollst dich von ihm fernhalten. Sie wissen aus ›einer heiklen, aber sicheren Quelle‹« – Bond lächelte bei dem alten Euphemismus –, »daß er unter anderem dich finden und ... nun ja, umbringen soll. Da hab ich mir also ausgerechnet, da du hier in der Gegend bist, und nach den Fragen, die du mir gestellt hast, daß du ihm vielleicht schon auf der Spur bist, aber möglicherweise in eine vorbereitete Falle gehen könntest. Da du nicht wußtest, daß er es auf dich abgesehen hat, während du hinter ihm her bist.«

Sie streckte tastend die Hand aus, als wolle sie sich vergewissern, daß sie richtig gehandelt habe.

Bond ergriff sie und tätschelte sie geistesabwesend, während seine Gedanken sich mit dieser unerwarteten Komplikation befaßten.

Er sagte: »Hendriks ist tatsächlich hier. Ebenso ein Revolvermann namens Scaramanga. Ich kann dir auch sagen, daß Scaramanga Ross getötet hat. In Trinidad.« Er sah, wie sie erschrak. »Du kannst es als Tatsache von mir weitergeben. Das heißt, wenn ich dich hier herausbringe. Hendriks ist zwar hier, scheint mich aber nicht mit Sicherheit identifiziert zu haben. Hat das Hauptquartier bekanntgegeben, ob er eine Beschreibung von mir besitzt?«

»Du bist nur als der ›berüchtigte Geheimagent James Bond‹ bezeichnet worden. Das scheint aber Hendriks nicht viel gesagt zu haben, da er nach besonderen Merkmalen fragte. Das war vor zwei Tagen. Er kann sie jeden Augenblick gekabelt oder telefoniert bekommen. Verstehst du, warum ich dich hier aufsuchen mußte, James?«

»Selbstverständlich, Mary, und vielen Dank. Jetzt muß ich dich nur hier aus dem Fenster kriegen, dann mußt du allein deinen Weg finden. Mach dir keine Sorgen um mich. Ich glaube, ich werde die Situation schon meistern können.

Außerdem habe ich Hilfe.«

Er erzählte ihr von Felix Leiter und Nicholson.

»Sag nur dem Hauptquartier, du hättest die Botschaft abgeliefert, und berichte ihnen, daß ich hier bin, und mit mir die beiden Leute der CIA. Das Hauptquartier kann dann direkt von Washington Informationen darüber beziehen. Okay?«

Er stand auf.

Sie trat neben ihn und sah zu ihm auf.

»Aber du wirst auf dich achtgeben?«

»Natürlich.«

Er klopfte ihr auf die Schulter. Dann drehte er die Dusche ab und öffnete die Badezimmertür.

»Komm jetzt. Wir müssen um ein bißchen Glück beten.«

Eine seidige Stimme kam aus der Dunkelheit. »Na, Mister, die Heiligen haben Sie heute vergessen. Kommt nur beide her. Die Hände hinter dem Kopf verschränkt.«

11

Scaramanga ging zur Tür und drehte das Licht an.

Er war nackt bis auf die Shorts und die Halfter unter seinem linken Arm. Der goldene Revolver blieb auf Bond gerichtet, als er näher trat.

Bond blickte ihn ungläubig an, dann auf den Teppich an der Tür. Die Keile waren noch dort, unverändert. Er konnte unmöglich ohne fremde Hilfe durchs Fenster hereingekommen sein.

Dann sah er, daß sein Kleiderschrank offenstand und daß Licht aus dem Nebenzimmer hereinfiel. Es war eine ganz simple Geheimtür – einfach die ganze Hinterwand des Schrankes, von Bonds Seite nicht zu entdecken und auf der andern wahrscheinlich wie eine versperrte Verbindungstür anzusehen.

Scaramanga kam in die Mitte des Zimmers und sah die beiden höhnisch an.

»Ich hab das Stück Hintern vorhin nicht gesehen. Wo hast du es dir denn in Reserve gehalten? Und warum mußt du es im Badezimmer verstecken? Machst du's gern unter der Dusche?« Bond erklärte: »Wir sind verlobt. Sie arbeitet im Büro des Hochkommissars in Kingston. Chiffrierbeamtin. Sie hat in dem Lokal, wo wir einander getroffen haben, erfahren, wo ich bin. Sie ist hergekommen, um mir zu sagen, daß meine Mutter in London im Spital liegt; sie ist unglücklich gestürzt. Was ist schon daran? Sie heißt Mary Goodnight. Was fällt Ihnen ein, mitten in der Nacht in mein Zimmer einzubrechen und mit dem Revolver herum- zufuchteln? Und behalten Sie Ihre dreckigen Worte gefäl- ligst für sich.«

Bond war mit seinem Gepolter zufrieden und beschloß, den nächsten Schritt zur Befreiung Mary Goodnights zu tun. Er senkte seine Hände und wandte sich an das Mädchen.

»Nimm deine Arme runter, Mary. Mr. Scaramanga muß gedacht haben, es seien Einbrecher hier, als er das Fenster zuschlagen hörte. Ich werde mir jetzt was anziehen und dich zu deinem Wagen bringen. Du hast eine lange Fahrt zurück nach Kingston. Willst du nicht vielleicht die Nacht über hierbleiben? Ich bin sicher, Mr. Scaramanga hat noch ein freies Zimmer für dich.«

Er wandte sich wieder an Scaramanga.

»Geht schon in Ordnung, Mr. Scaramanga, ich werde es bezahlen.«

Mary Goodnight ging auf das Spiel ein. Sie hatte ihre Hände heruntergenommen, nahm ihre kleine Tasche vom Bett, öffnete sie und begann sich in weiblich geschäftiger Art eifrig die Haare zu richten.

Sie plauderte, indem sie sich ausgezeichnet Bonds mil- der, echt britischer »Sieh-doch-her-was-für-'n-Mann-ich- bin«-Methode anpaßte: »Nein, wirklich, Liebling, ich glaube, es ist besser, ich gehe. Ich würde schreckliche Unannehmlichkeiten haben, wenn ich zu spät ins Büro käme, und der Premierminister, Sir Alexander Bustamante, du weißt doch, er hat seinen achtzigsten Geburtstag gehabt, kommt zum Mittagessen, und du weißt, Seine Exzellenz will, daß ich die Blumen und die Sitzkarten arrangiere.. Wirklich«, sie wandte sich charmant an Mr. Scaramanga, »es wird ein ganz großer Tag für mich. Die Gesellschaft hätte gerade dreizehn Personen ausgemacht, und seine Exzellenz hat mich nun gebeten, die vierzehnte zu sein. Ist das nicht wundervoll? Aber Gott weiß, wie ich nach heute nacht aussehen werde. Streckenweise ist die Straße wirklich entsetzlich, nicht wahr, Mr., äh, Scamble. Aber so ist es eben. Ich bitte um Entschuldigung für diese Störung und daß ich Sie von Ihrem Schlaf abgehalten habe.«

Sie ging auf ihn zu wie die Königinmutter bei der Eröffnung eines Wohltätigkeitsbasars, die Hände ausgestreckt. »Nun legen Sie sich nur wieder hin, und mein Verlobter« – Gott sei Dank hatte sie nicht James gesagt! Das Mädel war wirklich aufgeweckt! – »wird mich schon heil von hier wegbringen. Auf Wiedersehen, Mr., äh . . .«

James Bond war stolz auf sie. Die reinste Starschauspielerin.

Aber Scaramanga ließ sich durch keinerlei windiges Gerede täuschen, ob britisch oder sonstwie.

Sie hatte beinahe Bond vor Scaramanga abgeschirmt. Rasch trat dieser zur Seite und sagte: »Stehenbleiben, Lady. Und Sie, Mister, bleiben Sie, wo Sie sind.«

Mary Goodnight ließ die Hände zur Seite sinken.

Sie blickte Scaramanga fragend an, als habe er soeben die Gurkenbrötchen abgelehnt. Wirklich! Diese Amerikaner! Der Goldrevolver hatte für höfliche Konversation nichts übrig. Er stand bewegungslos zwischen den beiden.

Scaramanga sagte zu Bond: »Okay, ich nehm's ihr ab. Lassen Sie sie wieder zum Fenster hinaus. Dann hab ich Ihnen was zu sagen.«

Er winkte dem Mädchen mit dem Revolver.

»Okay, kleine Null. Verschwinde. Und keine Einbrüche mehr bei fremden Leuten. Verstanden? Und seiner verdammten Exzellenz kannst du sagen, wo er sich seine Sitzkarten hinstecken kann. Im *Thunderbird* gelten nicht seine Erlasse, sondern meine. Verstanden? Zerreiß dir nicht den Büstenhalter bei der Kletterei.«

Mary Goodnight sagte eisig: »In Ordnung, Mr., äh . . . Ich werde Ihre Botschaft bestellen. Ich bin sicher, der Hochkommissar wird Ihrer Anwesenheit auf der Insel mehr Aufmerksamkeit schenken als bisher. Und die jamaikanische Regierung auch.«

Bond nahm sie am Arm. Sie war drauf und dran, ihre Rolle zu übertreiben.

Er sagte: »Komm, Mary. Und bitte, sag Mutter, in ein, zwei Tagen bin ich hier fertig, und ich werde sie von Kingston aus anrufen.«

Er führte sie zum Fenster und half ihr – oder, eher noch, beförderte sie hinaus. Sie winkte kurz und lief über den Rasen davon.

Bond trat deutlich erleichtert vom Fenster weg. Er hatte nicht erwartet, daß sich die scheußliche Situation so schmerzlos würde lösen lassen.

Er ging zum Bett und setzte sich auf das Kissen. Er war beruhigt, die harte Form seines Revolvers am Oberschenkel zu spüren.

Er blickte Scaramanga an.

Der Mann hatte seinen Revolver wieder in die Schulterhalfter gesteckt. Er lehnte sich an den Schrank und ließ seine Finger nachdenklich über den Schnurrbart gleiten.

Er sagte: »Büro des Hochkommissars. Dort gibt's auch die hiesige Vertretung eures berühmten Geheimdienstes. Sie heißen nicht zufällig James Bond, Mr. Hazard? Heute abend haben Sie 'ne ganz hübsche Schnelligkeit mit dem Revolver gezeigt. Mir scheint, ich habe irgendwo gelesen, dieser Bond hat 'ne Vorliebe für Schießeisen. Ich bin auch informiert worden, daß er irgendwo in der Karibik ist und nach mir sucht. Merkwürdiges Zusammentreffen, nicht?«

Bond lachte unbekümmert.

»Ich dachte, der Geheimdienst hat Ende des Krieges eingepackt. Ich kann jedenfalls Ihnen zuliebe nicht meine Identität ändern. Sie brauchen ja nur morgen bei Frome anzurufen und nach Tony Hugill zu fragen, dem dortigen Leiter, und sich meine Geschichte bestätigen zu lassen. Und können Sie erklären, wie dieser Bond Sie in einem Bordell in Sav' La Mar aufgespürt haben soll? Und was will er denn überhaupt von Ihnen?«

Scaramanga sah ihn eine Zeitlang schweigend an.

Dann sagte er: »Vielleicht will er 'ne Schießstunde nehmen. Kann ich ihm gern erteilen. Aber Sie haben etwas im Sinn mit 3½, das dachte ich mir schon, als ich Sie mitnahm. Soviel Zufall gibt's nicht. Vielleicht hätt ich mir's überlegen sollen. Ich habe von Anfang an gesagt, Sie riechen nach Polizei. Das Mädchen mag Ihre Verlobte sein oder auch nicht, aber diese Geschichte mit der Dusche: Das ist ein alter Gaunertrick. Wahrscheinlich auch einer vom Geheimdienst. Außer Sie haben sie . . .« Er zog eine Augenbraue hoch.

»Hab ich. Ist da was dabei? Was haben Sie mit dem Chinesenmädel gemacht? Mah-Jongg gespielt?«

Bond stand auf. In seinem Gesicht stand Ungeduld und Ärger, zu gleichen Teilen gut gemischt.

»Nun hören Sie mal zu, Mr. Scaramanga. Jetzt habe ich genug. Sie kommen her und fuchteln mit Ihrem verdammten Revolver herum, benehmen sich wie der liebe Gott, machen 'ne Menge blödsinnige Anspielungen auf den Geheimdienst und erwarten von mir, daß ich hinknie und Ihnen die Stiefel lecke. Nun, mein Freund, da sind Sie an der falschen Adresse. Wenn Sie mit meiner Arbeit nicht zufrieden sind, dann geben Sie mir die tausend Dollar, und ich verschwinde. Für wen, zum Teufel, halten Sie sich eigentlich?«

Scaramanga setzte sein dünnes, grausames Lächeln auf.

»Vielleicht erfährst du das früher, als du denkst, Polyp.«

Bond zuckte die Achseln.

»Okay, okay. Aber merken Sie sich eines, Mister. Wenn sich herausstellt, daß Sie nicht der sind, der Sie zu sein behaupten, schieß ich Sie in Stücke. Verstanden? Und ich fange bei den kleinen Stücken an und komm erst dann zu den größeren. Damit es recht lang dauert. Ja? Jetzt gehen Sie besser zu Bett. Ich hab um zehn eine Besprechung mit Mr. Hendriks im Konferenzraum. Und ich will nicht gestört werden. Nachher macht die ganze Gesellschaft einen Ausflug mit der Eisenbahn, von der ich Ihnen erzählt habe. Sie haben darauf zu sehen, daß alles ordentlich organisiert wird. Sprechen Sie zuerst mit dem Geschäftsführer. Ja? Dann also auf Wiedersehen.«

Scaramanga ging in den Kleiderschrank, schob Bonds Anzug beiseite und verschwand. Aus dem Nebenzimmer kam ein entschiedenes Klick.

Bond stand auf. Er sagte laut: »Uff!«, ging ins Badezimmer und wusch sich die letzten zwei Stunden unter der Dusche ab.

Um 6.30 Uhr erwachte er, zog seine Badehose an, ging zum Strand hinunter und machte wieder seine lange Schwimmtour.

Als er um 7.15 Uhr Scaramanga und den Negerboy mit dem Handtuch aus dem Ostflügel kommen sah, schwamm er an den Strand zurück. Er horchte auf die Aufsprünge auf dem Trampolin, hielt sich wohlweislich außer Sicht, ging durch den Haupteingang ins Hotel und schnell durch den Korridor zu seinem Zimmer. Er horchte am Fenster, um sicher zu sein, daß der Mann immer noch trainierte, nahm dann den Hauptschlüssel, den ihm Nick Nicholson gegeben hatte, überquerte leise den Korridor zu Nr. 20 und war schnell drinnen.

Er verriegelte die Tür.

Ja, da lag, was er suchte, auf dem Ankleidetisch.

Er ging lautlos durchs Zimmer, nahm den Revolver und ließ die Kugel herausgleiten, die als nächste abgefeuert werden sollte.

Er legte den Revolver wieder hin, wie er ihn gefunden hatte, ging zur Tür zurück, horchte, dann war er draußen und über dem Korridor in seinem eigenen Zimmer.

Er ging wieder zum Fenster und horchte.

Ja. Scaramanga war immer noch beim Üben.

Was Bond ausgeführt hatte, war ein amateurhafter Plan, aber vielleicht gewann er dadurch den Sekundenbruchteil, der für ihn, das wußte er, in den nächsten Stunden Leben oder Tod bedeuten würde.

Nicht erschreckt durch diese Aussicht, in Wirklichkeit eher dadurch angeregt, bestellte er ein ausgiebiges Frühstück, verzehrte es mit Appetit und ging, nachdem er den Verbindungsstift aus dem Kugelschwimmer seiner Toilette genommen hatte, ins Büro des Geschäftsführers.

Felix Leiter war im Dienst.

Er lächelte leicht und geschäftsmäßig und sagte: »Guten Morgen, Mr. Hazard. Was kann ich für Sie tun?«

Leiters Augen blickten über Bonds rechte Schulter an ihm vorbei. Mr. Hendriks erschien am Tisch, ehe Bond antworten konnte.

Bond sagte: »Guten Morgen.«

Mr. Hendriks dankte mit einer leichten Verbeugung und wandte sich an Leiter:

»Das Telefonfräulein ssagt, es sei ein Ferngespräch von meinem Büro in Havanna da. Wo ist der ungestörteste Raum, wo ich es übernehmen kann, bitte?«

»Nicht auf Ihrem Zimmer, Sir?«

»Ist nicht ungestört genug.«

Bond nahm an, daß auch er das Mikrophon gefunden hatte. Leiter gab sich zuvorkommend. Er kam hinter seinem Tisch hervor. »Hier drüben, Sir. Das Vestibültelefon. Die Zelle ist schalldicht.«

Mr. Hendriks sah ihn eisig an. »Und der Apparat? Ist der auch schalldicht?«

Leiter blickte ihn höflich erstaunt an. »Ich fürchte, ich verstehe nicht, Sir. Der Apparat ist direkt mit der Zentrale verbunden.«

»Es macht nichts. Zeigen Sie mir, bitte.«

Mr. Hendriks folgte Leiter zum hinteren Winkel des Vestibüls und wurde in die Zelle gewiesen. Sorgfältig schloß

Hendriks die ledergepolsterte Tür, nahm den Hörer auf und sprach hinein.

Dann wartete er, sah zu, wie Leiter über den Marmorboden schritt und respektvoll zu Bond sagte: »Was war Ihr Wunsch, Sir?«

»Es ist wegen meiner Toilette. Etwas ist mit dem Kugelschwimmer nicht in Ordnung. Wo kann ich sonst hingehen?«

»Bitte um Entschuldigung, Sir. Ich werde das gleich vom Hausmechaniker kontrollieren lassen. Ja, gewiß. Die Vestibültoilette. Sie ist noch nicht ganz fertig und nicht in Gebrauch, aber sie funktioniert tadellos.«

Er senkte die Stimme.

»Und eine Verbindungstür führt in mein Büro. Warte zehn Minuten, während ich mir auf dem Band anhöre, was der Schweinehund dort erzählt. Vernahm bereits, daß das Gespräch angemeldet wurde. Gefällt mir gar nicht. Möglicherweise unangenehm für dich.«

Er verbeugte sich kurz und zeigte auf den Tisch in der Mitte, mit den Illustrierten darauf.

»Wenn Sie sich nur einen Augenblick setzen wollen, Sir, dann werde ich mich Ihrer annehmen.«

Bond nickte dankend und drehte sich um.

In der Zelle sprach Hendriks. Seine Augen waren auf Bond gerichtet. Bond spürte, wie sich seine Haut in der Magengegend zusammenzog. Das war es also.

Er setzte sich und nahm ein altes *Wall Street Journal* zur Hand. Verstohlen riß er ein kleines Stück aus der ersten Seite heraus, es hätte ein Riß an der Faltstelle sein können. Er hielt die Zeitung hoch und beobachtete Hendriks durch das winzige Loch. Hendriks sah auf die Rückseite der Zeitung, sprach und hörte zu. Plötzlich legte er den Hörer auf und kam aus der Zelle. Sein Gesicht glänzte vor Schweiß. Er nahm ein reines weißes Taschentuch, wischte sich über Gesicht und Hals und ging rasch den Gang hinunter.

Nick Nicholson, wie aus dem Ei gepellt, durchquerte das

Vestibül und ging, mit einem kurzen Lächeln und einer Verbeugung gegen Bond, an seinen Platz hinter dem Tisch. Es war 8.30 Uhr.

Fünf Minuten darauf kam Felix Leiter aus dem inneren Büro. Er sagte etwas zu Nicholson, dann wandte er sich an Bond. Er sah blaß und gespannt aus.

»Wenn Sie mir jetzt bitte folgen wollen, Sir.«

Er führte ihn quer durchs Vestibül, schloß die Tür zur Herrentoilette auf, folgte Bond hinein und verschloß die Tür hinter sich. Sie standen neben den Waschbecken, inmitten der angefangenen Zimmermannsarbeiten.

Leiter sagte verkniffen: »Mir scheint, James, jetzt ist's soweit mit dir. Sie haben russisch gesprochen, aber dein Name und deine Nummer sind immer wieder erwähnt worden. Du verschwindest am besten so schnell, wie deine alte Kutsche dich fortbringt.«

Bond lächelte dünn.

»Gewarnt ist gewappnet, Felix. Ich hab's schon gewußt. Hendriks hat Auftrag erhalten, mich zu erledigen. Unser alter Freund vom KGB-Hauptquartier, Semischastny, hat mir das eingebrockt. Gelegentlich erzähle ich dir, warum.«

Er berichtete Leiter von der Mary-Goodnight-Episode.

Bond schloß: »Es hat also keinen Sinn, jetzt zu verschwinden. Wir werden die ganze Sache und wahrscheinlich auch ihre Pläne in bezug auf mich bei der Besprechung um zehn Uhr hören. Dann ist nachher dieser Ausflug. Ich persönlich glaube, die Schießerei wird irgendwo draußen auf dem Land stattfinden, wo es keine Zeugen gibt. Wenn nun du und Nick etwas finden könntet, um die Verabredung draußen unmöglich zu machen, würde ich die Heimarbeit auf mich nehmen.«

Leiter sah nachdenklich aus. »Die Pläne für heute nachmittag kenne ich. Abfahrt mit diesem Miniaturzug durch die Zuckerfelder, Picknick, dann Abfahrt im Boot vom Green-Island-Hafen, anschließend Tiefseefischen und dergleichen. Ich habe die ganze Route dafür ausgekundschaftet.«

Er hob den Daumen seiner linken Hand und strich gedankenvoll über das Ende seines Stahlhakens.

»Jaaa. Wir müssen schnell handeln und brauchen einen Haufen Glück; ich muß wie der Teufel rauf nach Frome und mir von deinem Freund Hugill ein paar Dinge holen. Glaubst du, daß er es mir auf deinen Wunsch geben wird? Dann okay. Komm in mein Büro und schreib mir ein paar Zeilen für ihn. Es ist nur eine halbe Stunde Fahrt, und während dieser Zeit kann Nick am Empfangstisch bleiben. Komm.«

Er öffnete eine Seitentür und trat in sein Büro. Er ließ Bond eintreten und schloß hinter ihm ab.

Nach Leiters Diktat schrieb Bond die Botschaft für den Chef der WISCO-Zuckerrohrplantagen, dann ging er hinaus und auf sein Zimmer.

9 Uhr 50 stand er von seinem Bett auf, rieb sich mit beiden Händen das magere Gesicht und begab sich zum Konferenzraum.

12

Die Anordnung war die gleiche. Bonds Reiseliteratur lag auf dem Empfangstisch, wo er sie gelassen hatte.

Er ging in den Konferenzraum, der nur oberflächlich in Ordnung gebracht worden war.

Scaramanga hatte wahrscheinlich gesagt, das Personal dürfe ihn nicht betreten.

Die Stühle standen ungefähr an ihrem Platz, aber die Aschenbecher waren nicht geleert worden. Auf dem Teppich waren keine Flecken, und man sah auch keine Waschspuren. Wahrscheinlich war es ein einziger Schuß ins Herz gewesen. Mit Scaramangas weichnasigen Kugeln war die innere Verletzung fürchterlich, aber die Teile der Kugel blieben im Körper stecken, und es gab äußerlich kein Blut. Bond ging um den Tisch herum und stellte ostentativ die Stühle ordentlicher zurecht. Er fand denjenigen heraus, auf dem Ruby Rotkopf gesessen haben mußte – jenseits des Tisches, Scaramanga gegenüber. Er hatte ein gesprungenes Bein. Er untersuchte pflichtgemäß die Fenster und sah hinter die Vorhänge, wie es seine Arbeit war.

Scaramanga kam herein, hinter ihm Mr. Hendriks. Er sagte rauh: »Okay, Mr. Hazard. Verschließen Sie beide Türen so wie gestern. Niemand hat hereinzukommen. In Ordnung?«

»Jawohl.« Als Bond an Mr. Hendriks vorbeikam, sagte er fröhlich: »Guten Morgen, Mr. Hendriks. Haben Sie sich bei der Party gestern gut unterhalten?«

Mr. Hendriks machte seine übliche kurze Verbeugung. Er sagte nichts. Seine Augen waren Granitkugeln.

Bond ging hinaus, schloß die Tür ab und bezog seine Stellung mit ein paar Broschüren unter dem Arm und dem Champagnerglas.

Mr. Hendriks begann sofort zu sprechen.

»Mr. S., ich habe von großen Schwierigkeiten zu berichten. Meine Zentrale in Havanna hat heute morgen mit mir gesprochen. Sie haben Nachricht direkt aus Moskau. Dieser Mann« – er mußte eine Geste zur Tür gemacht haben – »ist der britische Geheimagent, dieser Bond. Es gibt keinen Zweifel. Ich habe seine genaue Beschreibung. Als er heute morgen schwimmen ging, habe ich durchs Fernglas seinen Körper betrachtet. Man kann deutlich die Verwundungen an ihm sehen. Die Narbe an der rechten Seite sseines Gesichts läßt keinen Zweifel. Und ssein Schießen gestern abend. Der Narr ist noch stolz auf sseine Schießkunst! Ich möchte ein Mitglied meiner Organisation sehen, das sich sso idiotisch benimmt! Ich würde es sofort erschießen lassen.«

Dann kam eine Pause. Der Ton des Mannes änderte sich, wurde leicht drohend. Jetzt war sein Ziel Scaramanga.

»Aber, Mr. S., wie konnte das keschehen? Wie konnten Sie sso etwas zulassen? Meine Zentrale ist entsetzt über den Fehler. Ohne die Aufmerksamkeit meiner Vorgesetzten hätte der Mann sehr viel Schaden anrichten können. Erklä-

ren Sie das biette, Mr. S. Ich muß einen vollständigen
Bericht abliefern. Wie haben Sie diesen Mann kennenge-
lernt? Wie kommt es, daß Sie ihn sogar mitten in die
Gruppe hereingebracht haben? Einzelheiten biette, Mister.
Kenauester Bericht. Meine Vorgesetzten werden scharfe
Kritik wegen der mangelnden Wachsamkeit gegen den
Feind üben.«
Bond hörte das Reiben des Zündholzes an der Schachtel. Er
konnte sich vorstellen, wie sich Scaramanga zurücklehnte
und seiner Rauchgewohnheit nachging.
Als die Stimme kam, war sie entschieden, uneingeschüch-
tert.
»Mr. Hendriks, ich sehe ein, daß sich Ihre Organisation
hierüber Sorgen macht, und ich beglückwünsche Sie zu
Ihren Informationsquellen. Aber sagen Sie Ihrer Zentrale
folgendes: Ich habe diesen Mann rein zufällig kennenge-
lernt, zumindest dachte ich das damals, und es hat keinen
Sinn, sich darüber den Kopf zu zerbrechen, wie es passiert
ist. Es war nicht leicht, diese Konferenz durchzuführen,
und ich brauchte Hilfe. Ich mußte eilig zwei Hotelleiter aus
New York kommen lassen, um die Leute im Hotel zu
versorgen. Sie arbeiten gut, nicht? Das Bedienungsperso-
nal und alles übrige mußte ich aus Kingston kommen
lassen. Aber was ich wirklich brauchte, war ein persönli-
cher Assistent, der zur Stelle sein konnte und sich darum
kümmerte, daß alles klappte. Ich konnte mich einfach nicht
mit allen Einzelheiten befassen. Als dieser Kerl nun plötzlich auftauchte, schien er mir in Ordnung. Da habe ich ihn
also engagiert. Aber dumm bin ich nicht. Ich wußte, wenn
diese Sache vorbei ist, muß ich ihn loswerden. Sie sagen
jetzt, es ist ein Mitglied des Geheimdienstes. Ich habe
Ihnen zu Beginn der Konferenz gesagt, diese Leute esse ich
zum Frühstück, wenn ich dazu Lust habe. Was Sie mir
erzählt haben, ändert nur eines: statt morgen wird er eben
heute sterben. Und das wird folgendermaßen vor sich
gehen.«
Scaramanga senkte die Stimme. Jetzt konnte Bond nur

unzusammenhängende Worte hören. Der Schweiß rann ihm vom Ohr herab, an das er das Champagnerglas preßte. »Unsere Bahnfahrt . . . Ratten im Zuckerrohr . . . unglücklicher Zufall . . . bevor ich's tue . . . ein verdammter Schlag . . . Einzelheiten bei mir . . . verspreche Ihnen ein Riesengelächter . . .«

Scaramanga mußte sich wieder zurückgelehnt haben. Jetzt klang seine Stimme normal.

»Sie können also ganz beruhigt sein. Heute abend ist von dem Kerl nichts mehr da. Okay? Ich könnte es jetzt erledigen, indem ich einfach die Tür öffne. Aber zwei durchgebrannte Sicherungen in zwei Tagen könnten doch zu Gerede führen. Und auf diese Weise werden sich alle bei dem Picknick ausgezeichnet unterhalten.«

Mr. Hendriks' Stimme war tonlos und uninteressiert. Er hatte seine Befehle weitergegeben, und daraufhin würde gehandelt werden. Endgültig gehandelt. Man würde sich nicht über Verspätung bei der Ausführung seiner Anordnungen beschweren können.

Er sagte: »Ja. Was Sie vorschlagen, wird genügen. Ich werde die Vorgänge mit viel Vergnügen verfolgen. Und jetzt die andere Angelegenheit. Plan Orange. Meine Vorgesetzten wünschen zu hören, daß alles in Ordnung geht.«

»Gewiß. Alles geht in Ordnung, bei Reynolds Metal, Kaiser Bauxit und Jamaika Aluminium. Aber das Zeug, das Sie da geliefert haben, ist überaus flüchtig. Muß in den Demolierungskammern alle fünf Jahre erneuert werden. Nebenbei«, man hörte ein trockenes Kichern, »ich habe ja bloß gewiehert, als ich sah, daß die Gebrauchsanweisungen auf den Fässern außer in Englisch auch noch in ein paar afrikanischen Sprachen abgefaßt sind. Vorbereitung auf die große schwarze Erhebung, wie? Mir wäre es lieb, wenn Sie mich rechtzeitig vor dem Tag warnen würden. Ich hab da ganz schön anfällige Aktien in Wallstreet.«

»Dann werden Sie eine Menge Geld verlieren«, sagte Mr. Hendriks entschieden. »Das Datum wird mir nicht mitgeteilt. Mir macht das nichts aus, ich besitze keine Aktien. Es wäre kescheit, wenn Sie Ihr Geld in Gold oder Diamanten oder in seltenen Marken anlegten. Und jetzt die nächste Angelegenheit. Meine Vorgesetzten sind daran interessiert, eine große Menge Rauschgift in die Hand zu bekommen. Sie besitzen eine Lieferquelle für Ganja, oder Marihuana, wie wir das nennen. Jetzt erhalten Sie Ihre Lieferung per Kilo. Ich frage: Sind Sie in der Lage, Ihre Bezugsquelle dahin zu bringen, es in Zentnern zu liefern? Es wird vorgeschlagen, daß Sie die Lieferungen nach den Pedro Cays bringen. Meine Freunde können die Abholung von dort ohne weiteres organisieren.«

Kurzes Schweigen. Scaramanga rauchte wohl seine dünne Zigarre.

Er sagte: »Tja, ich denke, das könnten wir deichseln. Aber sie haben eben jetzt die Ganjagesetze sehr verschärft. Ganz böse Gefängnisstrafen, wissen Sie davon? Also ist der Preis verdammt in die Höhe gegangen. Der laufende Preis ist jetzt sechzehn die Unze. Ein Zentner davon kostet Tausende Pfund. Und in diesen Mengen ist das verdammt umfangreich. Mein Fischerboot könnte wahrscheinlich nur einen Zentner auf einmal laden. Und wohin geht es überhaupt? Da müßte man schon viel Glück haben, um solche Mengen an Land zu bekommen. Ein Pfund oder zwei ist schon schwierig genug.«

»Das Bestimmungsland wird mir nicht mitgeteilt. Ich nehme an, es ist Amerika. Dort befindet sich der größte Absatzmarkt. Die nötigen Anordnungen wurden ketroffen, um diese und weitere Lieferungen an der Küste von Georgia aufzunehmen. Man hat mir kesagt, daß die Gegend voll ist von kleinen Inseln und Sümpfen und häufig von Schmugglern benützt wird. Geld spielt keine Rolle. Ich habe Auftrag, einen ersten Abschluß für eine Million Dollar zu machen, aber zu günstigsten Marktpreisen. Sie erhalten Ihre übliche Provision von zehn Prozent. Interessiert Sie das?«

»Hunderttausend Dollar interessieren mich immer. Ich

muß mich mit den Pflanzern in Verbindung setzen. Sie haben ihre Anbaugebiete im Maroon-Bezirk. Das ist der Mittelteil der Insel; es wird Zeit kosten. Ich werde Ihnen in etwa zwei Wochen einen Kurs sagen können – ein Zentner von dem Zeug von Pedro Cays. Okay?«

»Und einen fixen Termin? Die Cays sind sehr flach. Das ist kein Zeug, das man herumliegen lassen kann, nicht wahr?«

»Sicher, sicher. Nun also, sonst noch Geschäfte? Okay. Also, ich möchte noch über etwas mit Ihnen sprechen. Diese Kasinogeschichte sieht folgendermaßen aus. Die Regierung hätte Lust. Man glaubt, das würde den Fremdenverkehr anspornen. Aber die schweren Jungs – die Burschen, die aus Havanna rausgeschmissen wurden, die Miamispieler, Chikago –, diese ganze Bande hat sich nicht richtig über die Leute informiert, bevor sie losging. Und sie haben mit den Schmiergeldern übertrieben – zuviel Geld in die falschen Taschen gesteckt. Nehme an, sie hätten eine Public-Relations-Firma konsultieren sollen. Jamaika sieht auf der Karte klein aus, und wahrscheinlich glaubten die Syndikate, sie könnten rasch eine hübsche kleine Operation wie drüben in Nassau durchführen. Aber die Oppositionspartei hat Wind davon gekriegt und die Kirche und die alten Weiber, und man sprach davon, daß die Mafia Jamaika übernehme, alte ›Cosa-Nostra‹-Angelegenheit, und all der Stumpfsinn. Deshalb mißlang das Spiel. Erinnern Sie sich, daß man uns vor zwei Jahren eine Beteiligung vorschlug? Damals sahen sie, daß nichts dabei herauskam, und wollten auf diese Weise ihre Einführungsspesen von etwa zwei Millionen Dollar auf die Gruppe abladen. Sie erinnern sich, ich habe damals davon abgeraten und meine Gründe angegeben. Okay. Wir sagten also nein. Aber die Dinge haben sich geändert. Eine andere Partei ist an der Macht, der Touristenstrom ist letztes Jahr etwas zurückgegangen. Ein bestimmter Minister ist daher an mich herangetreten. Sagt, das Klima hat sich geändert. Sie haben die Unabhängigkeit erlangt und verstecken sich nicht mehr hinter den Röcken von Tantchen England.

Wollen zeigen, daß Jamaika auch mitmischen kann und seinen Sex-Appeal hat und so. Also sagt mir dieser Freund, er kann das Glücksspiel hier legal machen. Er hat mir auch erklärt wie, und das klingt plausibel. Früher sagte ich, lassen wir die Finger davon. Jetzt sag ich, steigen wir ein. Aber es wird Geld kosten. Jeder von uns wird seine hunderttausend Dollar springen lassen müssen, um die Sache hier am Ort in Schwung zu bringen. Die Durchführung besorgt Miami und bekommt auch die Konzession. Das Geschäft besteht darin, daß sie uns mit fünf Prozent beteiligen – aber vom Brutto. Sie verstehen? Bei diesen Ziffern müßte unser Geld in achtzehn Monaten wieder drinnen sein. Nachher ist alles Reingewinn. Im Bilde? Aber Ihre ... äh ... Freunde sind ja wohl nicht übertrieben scharf auf solche kapitalistischen Unternehmungen. Was würden Sie sagen? Werden sie zahlen? Ich möchte nicht, daß da irgendwelche Hinterhältigkeiten auftauchen. Außerdem fehlt uns seit gestern ein Teilhaber. Darüber müßten wir eigentlich nachdenken. Wen werden wir als Nummer sechs hereinnehmen? Im Augenblick sind wir für diese Unternehmungen um einen zu wenig.«

James Bond wischte sein Ohr und das Champagnerglas mit dem Taschentuch ab.

Es war fast schon unerträglich.

Er hatte sein eigenes Todesurteil gehört, er hatte die Verbindung zwischen dem KGB, Scaramanga und den Karaiben erklärt bekommen und noch ein paar kleinere Dinge wie die Sabotage der Bauxitindustrie, massiven Schmuggel von Rauschgift in die Vereinigten Staaten und ein Stück Glücksspielpolitik nebenbei mitgekriegt. Es war ein kapitaler Fang für den hiesigen Geheimdienst! Er hatte den Ball. Würde es er erleben, ihn im Tor unterzubringen? Mein Gott, jetzt was zu trinken!

Er legte sein Ohr wieder an den heißen Boden des Glases. Es herrschte Schweigen; bis Hendriks' Stimme sagte: »Mr. S., ist schwieriges Keschäft, ja? Meine Vorgesetzten ssind nicht abgeneigt an kewinnbringenden Unternehmungen,

aber wie Sie wissen, ssind ihnen am liebsten Keschäfte mit politischem Ziel. Unter diesen Bedingungen haben sie mich angewiesen, Verbindung mit der Gruppe aufzunehmen. Das Geld, das ist nicht das Problem. Aber wie ssoll ich ihnen den politischen Zweck der Eröffnung von Spielkasinos in Jamaika erklären? Das möchte ich gerne wissen.«
»Es ist fast sicher, daß es dabei zu Unruhen kommen wird. Die Ortsansässigen werden spielen wollen – sind hier alle fürchterliche Spieler. Es wird Zwischenfälle geben. Farbige werden aus dem einen oder anderen Grund nicht zugelassen werden. Dann wird die Oppositionspartei sich der Sache annehmen, und es wird wegen Rassendiskriminierung der Teufel los sein. Mit dem ganzen Geld in der Luft werden die Gewerkschaften die Löhne in den Himmel treiben. Das alles zusammen kann einen wunderschönen Stunk geben. Die Atmosphäre ist viel zu verdammt still hier. Das wird ein billiger Weg sein, um einen Riesenaufruhr zu erzeugen. Und das wollen Ihre Leute doch, nicht wahr? Die Inseln eine nach der anderen in Brand stecken?«
Wieder kurze Stille. Offenbar gefiel der Gedanke Mr. Hendriks nicht.
Er äußerte es, aber auf Umwegen: »Was Sie da sagen, Mr. S., ist ssehr interessant. Aber werden diese Unruhen, die Sie voraussehen, nicht unsere Gelder in Kefahr bringen? Jedenfalls werde ich Ihre Anfrage weitergeben und Ihnen sofort berichten. Es ist möglich, daß meine Vorgesetzten beipflichten. Wer kann das wissen? Nun bleibt also noch die Frage nach einer neuen Nummer sechs. Haben Sie jemand im Auge?«
»Ich glaube, wir brauchen einen guten Mann aus Südamerika. Jemanden, der unsere Operationen in Britisch-Guayana überwacht. Wir sollten auch in Venezuela besser ins Geschäft kommen. Warum sind wir mit dem großen Plan, die Maracaibobucht zu blockieren, nie vorangekommen? Wenn man ein passendes Blockadeschiff hätte, wär's so einfach, wie 'nen Blinden zu bestehlen. Schon allein die Drohung damit würde die Ölgesellschaften dazu bringen,

die Dollars auszuspucken, und dann immer so weiter, als Schutzgeld. Und wenn dann dieses Rauschgiftgeschäft größere Ausmaße annimmt, können wir nicht mehr ohne Mexiko auskommen. Wie wär's also mit Mr. Arioso aus Mexico City?«

»Ich kenne diesen Herrn nicht.«

»Rosy? Oh, das ist ein großartiger Bursche. Leitet die Grünlicht-Transport-Organisation. Rauschgift und Mädels nach Lateinamerika. Noch nie erwischt worden. Verläßlicher Geschäftsmann. Hat keine Filialen. Ihre Leute werden ihn kennen. Warum fragen Sie nicht bei ihnen an, und dann schlagen wir ihn den anderen vor? Wenn wir dafür sind, werden sie einverstanden sein.«

»Ist gut. Und nun, Mister S., haben Sie etwas über Ihren eigenen Auftraggeber zu berichten? Ich höre, daß er bei sseinem jüngsten Besuch in Moskau seine Zufriedenheit mit Ihrer Arbeit in dieser Gegend ausgedrückt hat. Es ist erfreulich, daß zwischen sseinen subversiven Bemühungen und unseren eigenen eine so enge Zusammenarbeit besteht. Unsere beiden Chefs erwarten viel für die Zukunft von unserer Verbindung mit der Mafia. Ich sselbst zweifle daran. Mr. Gengerella ist sicher ein wertvolles Mitglied, aber ich habe den Eindruck, daß diese Leute ausschließlich durch Geld zu aktivieren sind. Was ist Ihre Meinung?«

»Wie Sie gesagt haben, Mr. Hendriks. Nach Ansicht meines Chefs ist die Mafia zuerst und ausschließlich auf sich selbst bedacht. Das war immer so und wird immer so sein. Mein Mister C. erwartet auch keine besonderen Erfolge in den Staaten. Auch die Mafia kann die allgemeine antikubanische Einstellung dort nicht abbauen. Er glaubt aber, daß wir in der Karibik viel erreichen können, wenn wir ihnen verschiedene Aufgaben übertragen. Sie können sich sehr wirkungsvoll betätigen. Es würde gewiß das Getriebe schmieren, wenn Ihre Leute die Mafia als Pipeline für das Rauschgiftgeschäft verwenden würden. Sie könnten aus Ihrer Investition von einer Million Dollar zehn machen. Natürlich würden die neun in ihre eigene Tasche fließen,

117

aber das würde sie an Sie binden. Könnten Sie das einrichten? Das wäre wenigstens eine nette Nachricht für Leroy G., um sie mit nach Hause zu nehmen. Was Mr. C. betrifft, so scheint er gut vorwärtszukommen. Flora war ein Tiefschlag; aber hauptsächlich dank den Amerikanern, die so schön gegen Kuba losziehen, hat er das Land zusammenhalten können. Würden die Amerikaner mit ihrer Propaganda, den Sticheleien und so einmal aufhören, vielleicht sogar eine freundliche Geste riskieren oder sogar zwei – der kleine Mann würde seinen ganzen Dampf verlieren. Ich sehe ihn nicht allzuoft. Er läßt mich in Ruhe. Will seine Nase rein halten, nehm ich an. Aber von der DSS bekomm ich jede Unterstützung. Okay? Also sehen wir mal nach, ob die Jungs bereit sind zur Abfahrt. Es ist halb zwölf, und die ›Schöne von Bloody Bay‹ soll sich um zwölf in Bewegung setzen. Schätze, es wird ein recht lustiger Tag. Schade, daß unsere Chefs nicht dabei sind, um zu sehen, wie der Limey kriegt, was ihm zusteht. Wir werden uns um so mehr amüsieren.«

James Bond ging von der Tür weg. Er hörte Mr. Scaramangas Hauptschlüssel im Schloß.

Er sah auf und gähnte.

Mr. Scaramanga und Mr. Hendriks blickten auf ihn herunter. Sie sahen nachdenklich aus, als sei er ein Stück Steak, und sie müßten sich entscheiden, ob sie es durchgebraten oder blutig haben wollten.

13

Um zwölf Uhr versammelten sich alle im Vestibül.

Scaramanga hatte seine tadellose Tropenkleidung noch mit einem breitrandigen weißen Stetson ergänzt. Er sah aus wie ein sehr eleganter Plantagenbesitzer aus dem Süden. Mr. Hendriks trug seinen üblichen Anzug, jetzt gekrönt von einem grauen Homburg. Bond fand, er hätte dazu noch Sämischlederhandschuhe und einen Regenschirm haben müssen.

Die vier Gangster hatten Calypsohemden über Sporthosen an. Bond gefiel das. Wenn sie Revolver im Hosenbund trugen, würden die Hemden sie beim Ziehen behindern. Draußen fuhren Wagen vor, als erster Scaramangas Thunderbird. Scaramanga ging zum Empfangstisch.

Dort stand Nick Nicholson, wusch seine Hände in unsichtbarer Seife und sah hilfsbereit aus.

»Alles soweit? Der Zug mit allem beladen? Green Harbour verständigt? Okay denn. Wo ist Ihr Kumpan, dieser Travis? Hab ihn heute noch gar nicht gesehen?«

Nick Nicholson sah ernst aus.

»Er hat einen Abszeß am Zahn, Sir. Wirklich böse Sache. Mußte ihn nach Sav' La Mar schicken, damit er den Zahn ziehen läßt. Heute nachmittag wird er wieder in Ordnung sein.«

»Wirklich schade. Ziehen Sie ihm einen halben Tag Lohn ab. Kein Platz für Faulenzer hier im Haus. Wir sind schon so knapp genug. Hätte seine Beißer behandeln lassen sollen, ehe er den Posten annahm. Okay?«

»In Ordnung, Mr. Scaramanga. Ich werd's ihm sagen.«

Mr. Scaramanga wandte sich an die wartende Gruppe.

»Also Jungs, die Sache geht so vor sich: Wir fahren die Straße hinunter zum Bahnhof. Dort steigen wir in das Züglein. Feine Sache das; 'n Kerl namens Lucius Beebe ließ ihn für die Thunderbird-Gesellschaft nach dem Muster von Lokomotive und Wagen der kleinen alten Denver, South Park and Pacific Line, nachbauen. Okay. Dann dampfen wir diese alte Zuckerrohrfeldlinie hinunter, etwa dreißig Kilometer, bis Green Island Harbour. Menge Vögel, Buschratten, Krokodile in den Flüssen. Können vielleicht ein wenig jagen und uns mit dem Schießeisen unterhalten. Habt ihr Jungs alle eure Revolver mit? Bravo, bravo. Champagnermittagessen auf Green Island; die Mädchen und die Musik werden dort sein, damit wir etwas Spaß haben. Nach dem Essen gehen wir an Bord der ›Thunder Girl‹ – große Chriscraft – und fahren hinüber nach Lucea,

119

das ist ein kleines Städtchen an der Küste. Werden sehen, ob wir uns ein Nachtessen zusammenfangen können. Wer nicht fischen will, kann pokern. Gut? Dann hierher zurück für die Drinks. Ja? Alles einverstanden? Hat noch jemand Vorschläge? Na, dann also los.«

Bond wurde gesagt, er solle sich hinten in den Wagen setzen. Sie fuhren ab.

Der Bahnhof war eine brillante Nachahmung der alten Schmalspurbahnstation in Colorado – ein niedriges Gebäude mit verblaßten Schindeln und Lebkuchenverzierungen entlang der Dachrinne. Sein Name »Station Thunderbird« war in altmodisch verschnörkelten Buchstaben geschrieben. Plakate verkündeten: »Kaut feingeschnittenen, garantiert feinsten Rosenblatt-Virginia-Tabak«, »Züge halten für alle Mahlzeiten«, »Schecks werden nicht angenommen«.

Die Lokomotive, glänzend in schwarzem und gelbem Lack und poliertem Messing, war ein Juwel. Sie stand ruhig pustend in der Sonne, eine schwarze Rauchfahne kräuselte sich aus dem hohen Schornstein hinter dem großen Messingscheinwerfer in die Höhe. Der Name der Lokomotive, »Die Schöne«, stand stolz auf einer Messingtafel an dem schwarz schimmernden Zylinder, und ihre Nummer, »No. 1«, auf einem ebensolchen Schild unter dem Scheinwerfer.

Es gab einen Wagen. Er war offen, mit Schaumgummisitzen und einem narzissengelben Dach aus gefranstem Leinen zum Schutz gegen die Sonne. Dann war da noch der Bremswagen, gleichfalls in Schwarz und Gelb, mit einem strahlenden Stuhl mit Goldlehne hinter dem Bremsrad.

Es war ein wundervolles Spielzeug, bis zu der altertümlichen Pfeife, die jetzt einen scharf mahnenden Pfiff ausstieß.

Scaramanga war groß in Form.

»Der Zug pfeift, meine Herren! Alles einsteigen!«

Zu Bonds Schrecken zog er plötzlich seinen Goldrevolver,

richtete ihn zum Himmel und drückte ab.

Er zögerte nur einen Augenblick und feuerte nochmals. Der tiefe Brummton hallte von der Mauer des Bahnhofs zurück, und der Stationsvorsteher in seiner altmodischen Uniform sah nervös aus. Er steckte die große silberne Zwiebeluhr in die Tasche und trat gehorsam zurück, die grüne Fahne seitlich gesenkt.

Scaramanga kontrollierte seinen Revolver. Er blickte Bond nachdenklich an und sagte: »Na schön, mein Freund, steigen Sie jetzt vorn beim Führer ein.«

Bond lächelte glücklich. »Herzlichen Dank. Das hab ich mir immer gewünscht, schon als Kind. Was für ein Spaß!«

»Und ob«, meinte Scaramanga. Er wandte sich an die anderen. »Sie, Mr. Hendriks, bitte auf den ersten Sitz hinter dem Kohlentender. Dann Sam und Leroy. Dann Hal und Louie. Ich werde hinten im Bremswagen fahren. Guter Platz, um nach Wild auszuschauen. Okay?«

Alle nahmen ihre Plätze ein. Die Lokomotive stieß ein triumphierendes Tuten aus, und mit einer Reihe schwächer werdender Dampfwolken setzte sie sich in Bewegung. Sie fuhren ab, die 90-Zentimeter-Schmalspur entlang, die gerade wie ein Pfeil im tanzenden Silberschimmer verschwand.

Bond sah auf den Geschwindigkeitsmesser. Er zeigte auf dreißig. Anfangs sah er dem Führer zu, einem bösartig aussehenden Rastafari im schmutzigen Khakioverall mit einem Schweißtuch um die Stirn. Zwischen dem dünnen Schnurrbart und dem stachligen Bart hing eine Zigarette. Er roch fürchterlich.

Bond sagte: »Ich heiße Mark Hazard. Und Sie?«

»Rass, Mann. Red nix mit Buckra.«

Der Ausdruck »Rass« heißt auf jamaikanisch »Halt's Maul«. »Buckra« ist ein boshafter Dialektausdruck für »weißer Mann«. Bond sagte freundlich: »Ich dachte, es gehört zu eurer Religion, den Nächsten zu lieben.«

Der Rasta zog lange an der Pfeifenleine. Als der schrillende Ton verklungen war, sagte er einfach »Scheiße«, stieß mit dem Fuß die Kesseltür auf und begann Kohle zu schaufeln. Bond sah sich verstohlen in der Kabine um. Ja. Da war es! Das lange jamaikanische Buschmesser, zu einer zollbreiten Klinge mit tödlicher Spitze zugeschliffen. Es hing an einem Brett neben der Hand des Mannes. War das die Art, wie es ihn treffen sollte? Bond bezweifelte es. Scaramanga selbst würde es entsprechend dramatisch und so erledigen, daß er ein Alibi hatte.

Der zweite Vollstrecker würde Hendriks sein. Bond blickte über den niedrigen Kohlentender hinweg nach hinten. Hendriks' Augen, leer und interesselos, begegneten den seinen.

»Riesenspaß, wie?« Bond schrie, um den Lärm der Maschine zu übertönen. Hendriks blickte erst weg und sah ihn dann wieder an. Bond bückte sich, so daß er unter das Dach des Wagens sehen konnte. Die andern vier saßen bewegungslos da, die Augen gleichfalls auf Bond gerichtet. Bond winkte fröhlich. Keine Antwort. Es war ihnen also mitgeteilt worden. Bond war ein Spion und sollte nun, wie es in der Gangstersprache heißt, »den Tritt kriegen«. Ein unbehagliches Gefühl, diese zehn feindlichen Augen wie zehn Revolverläufe auf sich gerichtet zu fühlen.

Bond richtete sich auf. Jetzt ragte die obere Hälfte seines Körpers wie der »eiserne Mann« auf dem Schießplatz über das Dach des Wagens hinaus, und er blickte geradeaus auf die gelbe Fläche, wo Scaramanga, vielleicht sechs Meter weit entfernt, gut sichtbar thronte. Auch er blickte den kleinen Zug entlang auf Bond – der letzte Trauergast im Leichenzug hinter James Bond, dem Leichnam.

Bond winkte fröhlich und drehte sich um. Er öffnete seine Jacke, und einen Augenblick lang beruhigte ihn der kühle Griff seines Revolvers. Er griff in seine Hosentasche. Drei Reservemagazine. Gut! Er würde so viele Gangster mitnehmen, wie er nur konnte. Er drückte den Mitfahrersitz hinunter und setzte sich. Keinen Sinn, ein Ziel zu bieten, ehe es nötig war. Der Rasta warf seine Zigarette über die Seitenwand und zündete eine neue an. Die Maschine fuhr allein. Er lehnte sich an die Kabinenwand und schaute ins Leere.

Bond hatte die 1 : 50 000-Karte zu Rate gezogen, die Mary ihm besorgt hatte, und er kannte die Strecke genau, die der kleine Zuckerrohrzug nahm. Zuerst acht Kilometer lang Zuckerrohrfelder – hohe grüne Wände, zwischen denen sie jetzt dahinfuhren. Dann kam der Mittlere Fluß, dahinter das weite Sumpfgebiet, das jetzt langsam trockengelegt wurde, aber auf der Karte noch als »Der große Morast« eingezeichnet ist. Dann der Orangenfluß, der zur Orangenbucht führte, dann wieder Zuckerrohrfelder, Mischwald und kleine Bauernhöfe, bis man zu dem Dörfchen Green Island am Kopf des ausgezeichneten Ankergrundes von Green Island Harbour kam.

Hundert Meter weiter vorn stieg ein Truthahngeier neben der Bahnlinie hoch, erwischte nach ein paar schweren Flügelschlägen die Landeinwärtsbrise, schwebte hoch und fort.

Scaramangas Revolver krachte. Eine Feder von dem mächtigen rechten Flügel des Vogels segelte herunter. Der Truthahngeier beschrieb einen Bogen und stieg höher. Ein zweiter Schuß ertönte. Der Vogel zuckte und taumelte herab. Er zuckte wieder, als ihn die dritte Kugel traf. Dann stürzte er ins Zuckerrohr.

Unter dem gelben Dach ertönte Applaus.

Bond lehnte sich hinaus und rief Scaramanga zu: »Das kostet Sie fünf Pfund, außer, Sie geben dem Rasta Schweigegeld. Das ist die Strafe für den Abschuß eines Geiers.« Ein Schuß pfiff an Bonds Kopf vorbei. Scaramanga lachte: »Entschuldigung. Dachte, ich seh' ne Ratte.« Dann: »Kommen Sie, Mr. Hazard, zeigen Sie uns Ihre Schießkünste. Da drüben neben der Bahnlinie grast Vieh. Sehn Sie zu, ob Sie 'ne Kuh auf zehn Schritt treffen können.«

Die Gangster wieherten.

Bond steckte seinen Kopf wieder hinaus. Scaramangas Revolver lag in dessen Schoß. Aus dem Augenwinkel sah er, daß Mr. Hendriks, vielleicht drei Meter hinter ihm, seine rechte Hand in der Jackentasche hatte. Bond rief: »Ich schieße nie auf Wild, das ich nicht esse. Wenn Sie die ganze Kuh essen, schieß ich sie Ihnen.«

Der Revolver krachte, und Bond zog seinen Kopf in die Deckung des Kohlentenders zurück. Scaramanga lachte rauh: »Gib auf deinen Mund acht, Limey, sonst hast du bald keinen mehr.« Die Gangster lachten.

Der Rasta neben Bond fluchte. Er riß heftig an der Pfeifenleine. Bond blickte die Schienen entlang. Weit vorn, quer über dem Gleis, lag etwas Rosafarbenes. Schimpfend zog der Führer an einem Hebel. Dampf strömte aus dem Auslaß, und die Maschine fuhr langsamer. Zwei Schüsse ertönten, und die Kugeln schlugen gegen das Eisendach über seinem Kopf. Scaramanga schrie wütend: »Gib weiter Volldampf, du verdammter Teufel!«

Der Rasta drückte schnell den Hebel hoch, und die Geschwindigkeit des Zuges stieg wieder auf dreißig Stundenkilometer. Er zuckte die Achseln und sah Bond an. Er leckte sich die Lippen: »Auf den Schienen dort liegt 'n weißes Frauenzimmer. 'leicht 'ne Freundin vom Chef.«

Bond spähte nach vorn. Ja! Es war ein nackter rosa Körper mit goldblondem Haar. Ein Frauenkörper!

Scaramangas Stimme dröhnte gegen den Wind. »Jungs! Da liegt eine kleine Überraschung für euch alle. Etwas aus den guten alten Wildwestfilmen. Da vorne, quer über die Schienen gebunden, befindet sich ein Mädchen. Seht nur hin. Und wißt ihr was? Es ist die Geliebte eines Mannes, den man uns als James Bond gemeldet hat. Würdet ihr's glauben? Und sie heißt Goodnight, Mary Goodnight. Für sie ist's wirklich ›gute Nacht‹. Wenn dieser James Bond jetzt hier wäre, ich wette, wir könnten ihn um Gnade brüllen hören.«

14

James Bond stürzte sich auf den Beschleunigungshebel und riß ihn nach unten.

Die Maschine verlor den Dampfdruck, aber es waren nur noch hundert Meter, und das einzige, was das Mädchen jetzt noch retten konnte, waren die Bremsen. Sie waren unter Scaramangas Kontrolle.

Der Rasta hatte schon sein Buschmesser in der Hand. Die Flammen aus dem Ofen glänzten auf der Klinge. Er trat zurück wie ein in die Enge getriebenes Tier, seine Augen rot von Ganja und von der Angst vor dem Revolver in Bonds Hand. Jetzt konnte nichts mehr das Mädchen retten!

Bond wußte, daß ihn Scaramanga von der rechten Seite des Tenders erwarten würde; er stürzte zur linken. Hendriks hatte seinen Revolver draußen. Bevor er ihn heben konnte, setzte Bond eine Kugel zwischen die kalten Augen des Mannes. Der Kopf schlug nach hinten. Einen Augenblick lang waren die Backenzähne mit den Stahlkronen in dem offenen Mund zu sehen. Dann fiel der graue Homburg ab, und der tote Kopf sackte nach vorn.

Zweimal krachte der goldene Revolver. Eine Kugel schlug durch die Kabine. Der Rasta schrie und fiel zu Boden. Mit einer Hand umklammerte er krampfhaft seine Kehle. Mit der anderen hielt er noch die Pfeifenleine fest, und das Züglein setzte sein warnendes Jammergeheul fort.

Noch fünfzig Meter! Das Goldhaar hing verloren nach vorn, verdeckte das Gesicht. Die Stricke an den Hand- und Fußgelenken waren deutlich zu sehen.

Bond knirschte mit den Zähnen und versuchte, nicht an den fürchterlichen Ruck zu denken, der jetzt jeden Augenblick kommen mußte. Er sprang nach rechts und schoß dreimal. Er glaubte, zweimal getroffen zu haben, aber dann schlug etwas heftig in den Muskel seiner linken Schulter, er drehte sich um seine Achse und stürzte auf den Eisenboden, das Gesicht über dem Rand der Fußplatte. Und von dort, nur wenige Zentimeter entfernt, sah er die Räder den Körper auf den Schienen durchschneiden, sah, wie der blonde Kopf vom Rumpf gerissen wurde, die porzellanblauen Augen ihn ein letztes Mal anstarrten, sah die Fragmente der Schaufensterpuppe mit einem scharfen Krachen zerspringen und die rosa Splitter den Damm hinunterrollen.

James Bond würgte die Übelkeit, die ihm aus dem Magen hochgestiegen war, wieder in die Kehle. Er kam schwankend auf die Beine, hielt sich gebückt, griff nach dem Beschleunigungshebel, riß ihn nach oben. Eine offene Schlacht bei stehendem Zug würde seine Chancen noch vermindern.

Den Schmerz in seiner Schulter spürte er kaum. Er schob sich um die rechte Seite des Tenders. Vier Revolver krachten. Er riß seinen Kopf wieder in die Deckung zurück.

Jetzt schossen die Gangster, aber ziellos, da sie das Dach behinderte. Doch Bond hatte Zeit gehabt, etwas Wundervolles zu sehen. Scaramanga war im Bremswagen von seinem Thron geglitten und lag auf den Knien, sein Kopf ging hin und her wie der eines verwundeten Tieres. Wo, zum Teufel, hatte Bond ihn getroffen? Und was jetzt? Was sollte er mit den vier Gangstern tun, die vor ihm ebenso verborgen waren wie er vor ihnen?

Da kam eine Stimme von hinten aus dem Zug, das konnte nur vom Bremswagen sein; Felix Leiters Stimme schrie gegen das Kreischen der Lokomotivpfeife an.

»Okay, ihr vier Jungs. Werft eure Revolver über die Seitenwand. Jetzt! Sofort!«

Ein Schuß krachte.

»Ich habe sofort gesagt, Mr. Gengerella. Fahr in die Hölle! Okay denn. Und jetzt Hände hinter den Kopf. So ist's besser, jawohl. Okay, James. Der Kampf ist vorüber. Bist du heil? Wenn ja, so laß dich sehen. Es gibt noch einen Schlußvorhang, und wir müssen schnell fort.«

Vorsichtig stand Bond auf. Er konnte es kaum glauben. Leiter mußte auf den Puffern mitgefahren sein, hinter dem

Bremswagen. Er hätte sich nicht früher zeigen können, aus Furcht vor Bonds Schüssen. Ja! Da war er! Sein blondes Haar vom Wind zerzaust, den Stahlhaken als Auflage für den langläufigen Revolver erhoben, so stand er mit gespreizten Beinen neben dem Bremsrad – über dem Körper Scaramangas, der auf dem Rücken lag.

Bonds Schulter begann teuflisch zu schmerzen. Er schrie mit dem Zorn ungeheurer Erleichterung: »Der Teufel soll dich holen, Leiter. Warum bist du nicht früher erschienen? Das hätte schiefgehen können.«

Leiter lachte. »Das ist vielleicht ein Tag! Nun hör mal, Polyp, mach dich fertig zum Abspringen. Je länger du wartest, desto weiter mußt du zu Fuß heimgehen. Ich bleibe eine Weile bei den Jungs und übergebe sie in Green Harbour der Polizei.«

Er schüttelte den Kopf, um anzuzeigen, daß das eine Lüge war. »Also vorwärts. Wir sind im Morast. Du wirst weich landen. Stinkt ein wenig, aber wenn du heimkommst, geben wir dir 'ne Abreibung mit Eau de Cologne.«

Der Zug fuhr über einen kleinen Bach, und das Geräusch der Räder ging in tiefes Dröhnen über. Bond blickte nach vorn. In der Ferne war das Eisengerüst der Brücke über den Orangenfluß zu sehen. Der immer noch pfeifende Zug verlor Dampf. Der Zeiger stand auf siebenundzwanzig Stundenkilometern. Bond sah auf den toten Rasta hinunter. Im Tod sah sein Gesicht ebenso schrecklich aus wie im Leben.

Bond warf einen schnellen Blick unter das Dach. Hendriks' zusammengesunkene Leiche rollte mit der Bewegung des Zuges mit. Der Schweiß glänzte noch auf seinen teigigen Wangen. Nicht einmal als Leiche wirkte er sympathischer. Leiters Kugel war durch Gengerellas Hinterkopf eingedrungen und hatte den Großteil des Gesichtes fortgerissen. Die drei Gangster neben und hinter Gengerella sahen James Bond verdattert an. Das hatten sie nicht erwartet. Das hätten Ferientage sein sollen. Die Calypsohemden verrieten es. Mr. Scaramanga, der unbesiegte, der unbe-

127

siegbare, hatte es gesagt. Bis vor wenigen Minuten hatte sein goldener Revolver diese Worte unterstützt. Jetzt plötzlich war alles anders.

Von vorne und von hinten hielten Revolver sie in Schach. Der Zug entführte sie an einen Ort, von dem sie nie gehört hatten. Die Pfeife schrillte. Die Sonne brannte. Der scheußliche Gestank des Großen Morastes stieg ihnen in die Nase. Wirklich eine böse Lage. Der Leiter des Ausflugs hatte sie sich selbst überlassen. Zwei von ihnen waren erschossen worden. Sogar ihre Revolver waren fort. Die harten, bleichen Gesichter blickten flehend zu Bond auf.

Louie Paradises Stimme war gebrochen und trocken vor Angst. »Eine Million Dollar, Mister, wenn Sie uns hier herausbringen. Ich schwör's bei meiner Mutter. Eine Million Dollar.«

Die Gesichter von Sam Binion und Hal Garfinkel erhellten sich. Eine Hoffnung.

»Eine weitere Million.«

»Und noch eine! Beim Haupt meines kleinen Sohnes.«

Felix Leiters Stimme bellte ärgerlich. Es war eine Spur Angst darin. »Spring, James! Verdammt noch mal. Spring!«

James Bond stand aufrecht im Führerstand, er hörte nicht auf die Stimmen, die ihn unter dem gelben Kutschdach hervor anflehten. Diese Männer hatten zusehen wollen, wie er ermordet wurde. Sie waren selbst bereit gewesen, ihn zu ermorden. Wie viele Tote hatte jeder von ihnen auf dem Kerbholz?

Bond trat hinunter aufs Trittbrett, wählte den richtigen Moment und warf sich über den Schlackendamm hinweg in die weiche Umarmung des stinkenden Mangrovesumpfes.

Sein Aufprall auf dem Schlammboden ließ bestialischen Gestank aufsteigen. Große Blasen von Sumpfgas stiegen an die Oberfläche und zerplatzten. Ein Vogel kreischte und flatterte durch das Blattwerk davon.

James Bond watete an den Rand des Dammes. Jetzt tat ihm seine Schulter wirklich weh. Er kniete nieder und erbrach sich wie ein Hund.

Als er den Kopf hob, sah er, wie Leiter sich vom Bremswagen warf, gute zweihundert Meter weiter vorn. Er schien ungeschickt aufzukommen. Er stand nicht auf.

Und jetzt, wenige Meter vor der langen Eisenbrücke über den trägen Fluß, sprang eine andere Gestalt vom Zug in einen Mangrovebusch. Kein Zweifel! Es war Scaramanga! Bond fluchte leise. Warum, zum Teufel, hatte Leiter dem Mann nicht eine Kugel in den Kopf gejagt? Jetzt waren die Karten nur neu gemischt. Das Endspiel stand noch bevor. Die quietschende Fahrt des führerlosen Zuges ging in ein Dröhnen über, als er zu den ersten Pfeilern der langen Brücke kam.

Bond beobachtete ihn und fragte sich, wann ihm der Dampf ausgehen werde. Und was würden die drei Gangster jetzt tun?

Doch da kam schon die Antwort. Mitten auf der Brücke ging die Lokomotive plötzlich hoch wie ein scheuender Hengst. Gleichzeitig erfolgte ein Donnerkrachen, eine riesige Flammenwand schoß auf, und die Brücke brach in der Mitte durch. Die Hauptstützen gaben unter splitterndem Krachen nach und bogen sich langsam zum Wasser nieder. Durch das zackige Loch donnerte die glänzende »Schöne«, Wasser und Dampf aufstiebend, in den Fluß.

Betäubendes Schweigen. Irgendwo hinter Bond quakte unsicher ein aufgeschreckter Baumfrosch. Vier weiße Reiher flogen in geringer Höhe über das Wrack und reckten neugierig die Hälse. In der Ferne erschienen hoch oben schwarze Punkte und kreisten träge näher. Truthahngeier hatten mit ihrem sechsten Sinn die ferne Explosion wahrgenommen – etwas, das eine Mahlzeit bedeuten konnte.

Die Sonne stach auf die Silberschienen herunter, und ein paar Meter von Bond entfernt tanzte eine Gruppe gelber Schmetterlinge im Licht.

Bond stand langsam auf und begann durch die Schmetterlinge hindurch langsam die Schienen entlang auf die Brücke zuzugehen. Zuerst zu Felix Leiter, und dann dem

Großen nach, der davongekommen war.

Leiter lag in dem stinkenden Schlamm. Sein linkes Bein war scheußlich abgewinkelt.

Bond kniete neben ihm nieder, legte einen Finger auf die Lippen und sagte leise: »Viel kann ich nicht für dich tun, Junge. Ich geb dir was zum Draufbeißen und bring dich in den Schatten. Bald werden Leute kommen. Ich muß hinter dem Schweinekerl her. Er ist irgendwo da oben bei der Brücke. Wieso hast du bloß geglaubt, er sei tot?«

Leiter stöhnte, mehr aus Wut auf sich selbst als aus Schmerz.

»Alles war voll Blut.« Er flüsterte zwischen den zusammengebissenen Zähnen hindurch. »Sein Hemd war ganz durchtränkt. Die Augen geschlossen. Dachte, wenn er nicht kalt ist, wird er mit den andern auf der Brücke draufgehen.« Er lächelte schwach: »Wie hat dir der River-Kwai-Trick gefallen?«

Bond hob den Daumen.

»Ganz prima. Die Krokodile setzen sich gerade an die Tafel. Aber die verdammte Puppe! Hat mir einen scheußlichen Schreck eingejagt! Hast du sie hingelegt?«

»Gewiß. Tut mir leid, Junge. Mr. S. hatte es mir aufgetragen. Gab mir einen Vorwand, heute früh die Brücke zu präparieren. Keine Ahnung, daß deine Freundin blond ist oder daß du auf die Sache hereinfallen würdest.«

»Verdammt blöd von mir. Dachte, er hätte sie gestern erwischt. Also komm, hier ist eine Kugel. Beiß ins Blei hinein. In den Romanen steht, es hilft. Das wird dir jetzt weh tun, aber ich muß dich in Deckung und aus der Sonne schaffen.«

Bond ergriff Leiter unter den Armen und zog ihn, so sanft er konnte, auf eine trockene Stelle unter einem großen Mangrovebusch oberhalb des Sumpfes.

Leiters Gesicht war schweißüberströmt vor Schmerz. Bond lehnte ihn gegen die Wurzeln. Leiter seufzte, und sein Kopf fiel nach hinten.

Bond sah nachdenklich auf ihn nieder. Eine Ohnmacht war

vermutlich das beste, was ihm passieren konnte. Er nahm Leiters Revolver aus dem Hosenbund und legte ihn neben seine linke, die einzige, Hand.

Bond mochte noch in beträchtliche Schwierigkeiten geraten. Wenn das geschah, würde Scaramanga über Felix herfallen.

Bond kroch die Reihen der Mangroven entlang zur Brücke. Im Augenblick würde er sich mehr oder weniger im freien Feld aufhalten müssen. Er hoffte, daß näher beim Fluß der Sumpf trockenerem Land weichen würde, so daß er sich zum Meer hinunterarbeiten und dann zum Fluß zurückkommen und die Spuren des Mannes finden konnte.

Es war halb zwei, und die Sonne stand hoch.

James Bond war hungrig und sehr durstig, und seine Schulterwunde klopfte wild wie sein Puls.

Die Wunde begann ihm Fieber zu verursachen. Während er sich jetzt an seine Beute heranpirschte, war ein Großteil seiner Gedanken komischerweise damit beschäftigt, sich das Champagnerbüfett auszumalen, das sie alle, die Lebenden und die Toten, in Green Harbour erwartete.

Mehrmals atmete er tief und langsam.

Er kannte die Symptome. Es war nur eine akute Nervenerschöpfung mit – das gestand er sich selbst ein – ein wenig Fieber. Er mußte nur seine Gedanken und seine Augen klar behalten.

Entschlossen jagte er die täuschenden Bilder aus seinen Gedanken und schaute sich in der Gegend um.

Vielleicht noch hundert Meter bis zur Brücke. Zu seiner Linken standen die Mangroven weniger dicht, und der schwarze Schlamm war trocken und gesprungen. Aber es gab immer noch weiche Stellen.

Bond stellte den Kragen seiner Jacke auf, um das weiße Hemd zu verstecken. Er legte weitere zwanzig Meter neben den Schienen zurück, dann ging er nach links in die Mangroven hinein. Wenn er sich knapp an die Wurzeln hielt, kam er ziemlich gut vorwärts. Es gab wenigstens keine trockenen Zweige und Blätter, die knackten oder raschelten.

Er suchte möglichst parallel zum Fluß zu bleiben, aber dichte Gruppen von Buschwerk zwangen ihn zu kleinen Umwegen, und er mußte seine Richtung nach der Trockenheit des Schlammes und dem leichten Ansteigen des Landes gegen das Flußufer einschätzen.

Der Schlamm war von den Fraßgängen der Landkrabben durchlöchert, da und dort lagen Reste ihrer Schalen, wenn sie die Opfer von Mungos oder großen Vögeln geworden waren.

Jetzt erst begannen ihn die Moskitos und Sandfliegen anzugreifen. Er konnte sie nicht wegschlagen, sondern sie nur leise mit dem Taschentuch verscheuchen. Es war bald von dem Blut durchtränkt, das sie ihm ausgesaugt hatten, und dem Schweiß, der sie anlockte.

Nach Bonds Schätzung war er zweihundert Meter weit in den Sumpf eingedrungen, als er es einmal, beherrscht, husten hörte.

15

Das Husten kam aus einer Entfernung von etwa zwanzig Metern, vom Fluß her.

Bond ließ sich auf ein Knie nieder, seine Sinne waren angespannt. Er wartete fünf Minuten. Als das Husten sich nicht wiederholte, kroch er auf Händen und Knien vorwärts, den Revolver zwischen den Zähnen.

Auf einer kleinen Lichtung getrockneten, aufgesprungenen schwarzen Schlamms erblickte er den Mann. Scaramanga lag ausgestreckt, sein Rücken ruhte auf einem Klumpen verzweigter Mangrovewurzeln. Sein Hut und seine hohe Halsbinde waren fort, und die ganze rechte Seite seines Anzugs war schwarz von Blut, auf dem Insekten herumkrochen.

Aber die Augen in dem beherrschten Gesicht waren noch ganz lebendig. Sie schweiften in regelmäßigen Abständen suchend über die Lichtung. Scaramanga hielt die Hände neben sich auf den Wurzeln. Kein Revolver war zu sehen. Plötzlich wurde Scaramangas Gesicht spitz wie das eines Jagdhundes. Bond konnte nicht sehen, was seine Aufmerksamkeit gefesselt hatte. Plötzlich aber bewegte sich der gefleckte Schatten am Rande der Lichtung, und eine große Schlange, schön rautenförmig gezeichnet in dunkel- und hellbraun, glitt durch den schwarzen Schlamm zielbewußt auf den Mann zu.

Bond beobachtete sie fasziniert. Er hielt sie für eine Boa aus der Epicrates-Familie, die der Blutgeruch angelockt hatte. Sie war vielleicht eindreiviertel Meter lang und für Menschen völlig harmlos. Bond fragte sich, ob Scaramanga das wußte.

Er wurde sofort von seinem Zweifel befreit.

Scaramangas Ausdruck hatte sich nicht geändert, aber er ließ seine rechte Hand sachte am Hosenbein hinuntergleiten, schob vorsichtig den Aufschlag hoch und zog aus dem Schaft seines kurzen Texanerstiefels ein dünnes stilettartiges Messer.

Die Schlange hielt wenige Meter vor dem Mann einen Augenblick still und hob den Kopf hoch, um ihn ein letztes Mal zu betrachten. Die gespaltene Zunge schoß neugierig immer wieder hervor, dann, den Kopf noch über dem Boden, kroch sie vorwärts.

Kein Muskel bewegte sich in Scaramangas Gesicht. Nur die Augen waren wachsame, unbewegliche Schlitze. Die Schlange kam in den Schatten des Hosenbeines und kroch langsam hinauf zu dem glänzenden Hemd.

Plötzlich warf Scaramanga das Messer. Es durchbohrte den Kopf der Schlange genau in der Mitte des Gehirns, nagelte ihn an den Boden und hielt ihn dort fest, während der kraftvolle Körper wild umherschlug, Halt an den Mangrovewurzeln, an Scaramangas Arm suchend.

Doch der Todeskampf wurde bald schwächer und hörte schließlich auf. Die Schlange lag bewegungslos.

Scaramanga zog das Messer aus dem Schlangenkopf,

schnitt den Kopf mit einem einzigen festen Hieb ab und warf ihn nach kurzer Überlegung in ein Krabbenloch.

James Bond beobachtete, im Busch kniend, jede Einzelheit mit höchster Aufmerksamkeit. Jede von Scaramangas Handlungen, jeder flüchtige Ausdruck auf seinem Gesicht bewies die Wachheit und Lebendigkeit des Mannes. Nach Bonds Urteil war Mr. Scaramanga ungeachtet des Blutverlustes und innerer Verletzungen noch immer ein fürchterlich gefährlicher Mann.

Scaramanga änderte vorsichtig seine Lage und nahm wieder eine genaue Untersuchung der umliegenden Büsche, Stück für Stück, vor.

Bond segnete die dunkle Farbe seines Anzugs, als Scaramangas Blick über ihn hinwegging, ohne zu zucken – er war ein dunkler Schattenfleck unter so vielen anderen. In dem scharfen Schwarz und Weiß der Mittagssonne war er gut getarnt.

Befriedigt griff Scaramanga nach dem leblosen Körper der Schlange, legte ihn über seinen Bauch und schlitzte sorgfältig die Unterseite bis zur Analöffnung auf. Dann säuberte er ihn und entfernte mit den präzisen Bewegungen und Schnitten eines Chirurgen die Haut von dem rotgeäderten Fleisch. Er warf jedes unerwünschte Stückchen Reptil in Krabbenlöcher, und bei jedem Wurf flog ein Ausdruck des Ärgers über das steinerne Gesicht, weil keine herauskam und die Krumen von der Tafel des Reichen holte. Doch die Krabben hatten noch Angst.

Als die Mahlzeit bereit war, suchte er nochmals die Büsche ab, dann hustete er sehr vorsichtig und spuckte in die Hand. Er untersuchte das Resultat und schüttelte die Hand. Auf dem schwarzen Boden bildete das Sputum ein hellrosa Gekritzel.

Der Husten schien ihn nicht zu schmerzen oder besonders anzustrengen. Bond nahm an, daß die Kugel Scaramanga in der rechten Brustseite getroffen und die Lunge knapp verfehlt hatte. Eine Blutung war vorhanden, und Scaramanga war ein Fall fürs Hospital – aber kein so schwerer, wie das blutdurchtränkte Hemd glauben ließ.

Zufrieden mit der Inspektion der Umgebung, biß Scaramanga hungrig in den Körper der Schlange. Bond stand leise auf und ging, seine Augen auf Scaramangas Hände gerichtet, zur Mitte der kleinen Lichtung.

Scaramanga blickte nur von dem abgeschnittenen Stück Schlange in seinen beiden Händen auf und sagte kauend: »Sie haben lange gebraucht, bis Sie kamen. Wollen Sie mitessen?«

»Nein danke. Ich habe meine Schlange lieber gegrillt mit heißer Butter. Essen Sie nur weiter. Ich sehe Ihre Hände gern beschäftigt.«

Scaramanga wies auf sein blutbeflecktes Hemd und höhnte: »Angst vor einem Sterbenden? Ihr Limeys seid vielleicht weich.«

»Der Sterbende hat die Schlange ganz wirkungsvoll behandelt. Haben Sie noch mehr Waffen?« Als Scaramanga eine Bewegung machte, seinen Rock zu öffnen: »Ruhig. Keine schnellen Bewegungen. Zeigen Sie nur Ihren Gürtel, die Achselhöhlen, klopfen Sie innen und außen auf Ihre Oberschenkel. Ich würde es selbst tun, aber ich möchte nicht wie die Schlange enden. Und wenn Sie schon dabei sind, werfen Sie doch das Messer hoch in die Bäume hinüber. Hochwerfen, nicht schleudern, wenn's Ihnen nichts ausmacht. Mein Zeigefinger ist heute ein wenig nervös. Scheint ganz von allein abdrücken zu wollen. Ich möchte nicht, daß er sich selbständig macht. Ja, so ist's recht.«

Scaramanga warf mit einer Bewegung seines Handgelenks das Messer in die Luft. Die Stahlklinge rotierte wie ein Rad in der Sonne. Bond mußte zur Seite treten. Das Messer bohrte sich in den Schlamm, wo Bond gestanden hatte, und blieb dort stecken. Scaramanga lachte rauh. Aus dem Lachen wurde ein Husten. Das hagere Gesicht verzog sich schmerzlich. Zu schmerzlich? Scaramanga spuckte Blut, aber so viel auch wieder nicht. Es konnte nur eine leichte Blutung sein. Vielleicht ein oder zwei gebrochene Rippen.

Ein Spitalaufenthalt von etwa zwei Wochen, und die Sache war in Ordnung.

Er legte das Stück Schlange weg und tat genau, was Bond ihm gesagt hatte, wobei er die ganze Zeit mit seinem kalten, arroganten Blick Bond anstarrte.

Als er damit fertig war, nahm er sein Stück Schlange und begann es zu kauen.

Er sah auf: »Zufrieden?«

»So ziemlich.«

Bond kauerte sich auf die Fersen nieder. Er hielt seinen Revolver vor sich und zielte auf Scaramanga.

»Also, nun wollen wir reden. Ich fürchte, Sie haben nicht mehr viel Zeit, Scaramanga. Hier ist Ihre Straße zu Ende. Sie haben zu viele meiner Freunde umgebracht. Ich habe das Recht, Sie zu töten, und ich werde es tun. Aber ich tue es schnell. Nicht wie Sie es mit Margesson taten; erinnern Sie sich? Sie haben ihm beide Knie und beide Ellbogen durchschossen. Dann zwangen Sie ihn, Ihre Stiefel zu küssen. Sie waren dumm genug, damit vor Ihren Freunden in Kuba zu prahlen. Nun zurück zu uns. Interessehalber, wie viele Männer haben Sie eigentlich in Ihrem Leben umgebracht?«

»Mit Ihnen werden es rund fünfzig sein.«

Scaramanga hatte das letzte Stück Wirbelsäule abgenagt. Er warf es Bond zu. »Da iß, Dreckskerl, und tu deine Arbeit. Aus mir kriegst du keine Geheimnisse raus, falls du das beabsichtigst. Und vergiß nicht, auf mich haben schon Fachleute geschossen, und ich bin immer noch am Leben. Vielleicht nicht ganz unbeschädigt, aber ich hab noch nie gehört, daß ein Limey einen schwerverwundeten wehrlosen Mann erschossen hätte. Du hast nicht die Nerven dazu. Wir werden hier sitzen und plaudern, bis die Rettungsmannschaft kommt. Dann geh ich gern vor Gericht. Was werden sie mir dann wohl geben, ha?«

»Na, erstens einmal liegt dieser nette Mr. Rotkopf mit einer Ihrer berühmten Silberkugeln im Schädel hinterm Hotel im Fluß.«

»Der paßt gut zu dem netten Mr. Hendriks mit einer deiner Kugeln irgendwo. Vielleicht sitzen wir 'ne Zeitlang gemeinsam. Wär' doch nett, nicht? Angeblich hat das Gefängnis in Spanish Town allen Komfort. Wie wär's damit, Limey? Dort wird man dich dann in der Sacknähabteilung mit 'nem Splitter im Rücken finden. Und übrigens, woher weißt du das mit dem Rotkopf?«

»Ihre Abhöranlage war angezapft. Dieser Tage scheinen Sie ein wenig anfällig für Unfälle zu sein, Scaramanga. Sie haben den falschen Vertrauensmann angestellt. Und Ihre beiden Hotelleiter waren von der CIA. Das Tonband wird bereits auf dem Weg nach Washington sein. Da ist der Mord an Ross auch drin. Verstehen Sie, was ich meine?«

»Tonbänder gelten bei einem amerikanischen Gericht nicht als Beweis. Aber ich versteh dich schon, Polyp. Es scheinen tatsächlich Fehler gemacht worden zu sein. Okay denn«, Scaramanga machte eine weitläufige Geste mit der Rechten, »nimm eine Million Dollar und sag, es war nichts.«

»Im Zug hat man mir drei Millionen angeboten.«

»Ich verdopple sie.«

»Nein. Tut mir leid.«

Bond stand auf. Die linke Hand hinter seinem Rücken war verkrampft vor Schauder davor, was er tun wollte. Er zwang sich, daran zu denken, wie der gemarterte Körper Margessons ausgesehen haben mußte, oder die der anderen, die dieser Mann umgebracht hatte, die er noch umbringen würde, falls Bond schwach werden sollte. Wahrscheinlich war dieser Mann der erfolgreichste Mörder der Welt. James Bond hatte ihn vor sich. Er hatte Auftrag, ihn zu erledigen. Er mußte ihn erledigen – ob er nun verwundet dalag oder nicht. Bond zwang sich zur Gleichgültigkeit, bemühte sich, ebenso kalt zu sein wie sein Gegner. »Irgendwelche Botschaften an jemanden, Scaramanga? Aufträge? Soll man sich um jemanden kümmern? Ich werd es persönlich übernehmen. Ich behalt es für mich.«

Scaramangas Lachen war heiser, aber vorsichtig. Diesmal wurde kein roter Husten daraus. »Ganz der kleine englische Gentleman! Wie ich gesagt habe. Ich nehme nicht an, du würdest mir deinen Revolver geben und mich fünf Minuten lang allein lassen, wie es in den Büchern steht? Nun, Jungchen, hast recht. Ich würde dir nachkriechen und dir den Hinterkopf wegschießen.«

Bond sah ihn sich genau an. Wie konnte Scaramanga ruhig bleiben, wenn er in wenigen Minuten sterben sollte? Hatte der Mann noch einen letzten Trick in Bereitschaft? Eine verborgene Waffe? Aber er lag einfach da, offensichtlich entspannt, gegen die Mangrovewurzeln gelehnt; seine Brust bewegte sich rhythmisch, sein steinernes Gesicht verfiel auch in der Niederlage nicht um eine Spur. Auf seiner Stirn war nicht soviel Schweiß wie auf der Bonds. Scaramanga lag im dunkelfleckigen Schatten. James Bond stand seit zehn Minuten mitten auf der Lichtung in der brennenden Sonne.

Plötzlich fühlte er, wie die Kraft ihn verließ. Und mit ihr schwand sein Vorsatz. Er sagte und er hörte, wie rauh seine Stimme klang: »Na schön, Scaramanga, es ist soweit.« Er hob seinen Revolver und packte ihn mit dem zweihändigen Griff des Zielschützen. »Ich werd es so schnell wie möglich erledigen.« Scaramanga hob eine Hand. Zum erstenmal zeigte sein Gesicht Bewegung. »Okay denn.« Erstaunlich; die Stimme klang bittend: »Ich bin Katholik, verstehst du. Laß mich nur mein letztes Gebet sagen. Ja? Dauert nicht lange, dann kannst du losballern. Jeder muß einmal sterben. Bist ja ein ganz feiner Kerl. Spielerglück. Wäre meine Kugel zwei, drei Zentimeter weiter rechts gegangen, hätte es dich an meiner Stelle erwischt. Stimmt's? Kann ich mein Gebet sagen, Mister?«

Bond senkte den Revolver. Er würde dem Mann ein paar Minuten lassen. Mehr konnte er ihm nicht geben, das wußte er. Schmerzen, Hitze, Hunger, Durst. Es würde nicht lange dauern, bis er sich selbst hier auf den harten gesprungenen Schlamm legen mußte, nur um auszuruhen. Wenn ihn einer hätte umbringen wollen, Bond hätte sich nicht gewehrt. Langsam, müde sagte er: »Vorwärts, Scaramanga. Nur eine Minute.«

»Danke, Kamerad.« Scaramanga legte die Hände auf die Augen. Leise leierte er lateinische Gebete herunter.

Bond stand da in der Sonne, den Revolver gesenkt, Scaramanga beobachtend, aber gleichzeitig beobachtete er ihn nicht, denn die Schärfe seines Blicks war getrübt durch den Schmerz, die Hitze, die hypnotisierende Litanei, und durch den Schauder davor, was er selbst in einer, vielleicht zwei Minuten zu tun hatte.

Die Finger von Scaramangas rechter Hand krochen unmerklich seitlich über sein Gesicht, Zentimeter um Zentimeter. Das Geleier des lateinischen Gebetes war immer noch gleich langsam und einschläfernd.

Und dann schoß die Hand hinter den Kopf, der winzige goldene Derringer krachte, und Bond riß es um die eigene Achse, als habe er eine Rechte ans Kinn bekommen. Er stürzte zu Boden. Sofort war Scaramanga auf den Beinen. Er bewegte sich schnell wie eine Katze, ergriff das weggeworfene Messer und hielt es vor sich.

Aber James Bond wand sich wie ein sterbendes Tier auf dem Boden, und das Schießeisen in seiner Hand krachte bösartig wieder und wieder – fünfmal, dann fiel es ihm aus den Fingern auf die schwarze Erde, während seine Hand an die rechte Seite des Bauches fuhr und dort blieb, den schrecklichen Schmerz niederdrückend.

Der große Mann stand einen Augenblick da und sah in den tiefblauen Himmel hinauf. Seine Finger öffneten sich krampfartig und ließen das Messer los. Sein durchbohrtes Herz stotterte, blieb stehen. Er stürzte vornüber zu Boden und blieb mit weit geöffneten Armen liegen.

Nach einer Weile krochen die Landkrabben aus ihren Löchern und begannen an den Schlangenstücken zu riechen. Die größere Beute konnte bis zur Nacht warten.

16

Der überaus elegante Polizeibeamte von der Eisenbahn-
Rettungstruppe kam mit dem üblichen würdevollen Schritt
eines jamaikanischen Konstablers auf Rundgang das Flußufer herab. Kein jamaikanischer Polizist würde je laufen. Er
hat gelernt, daß dies der Autorität abträglich ist.
Felix Leiter, inzwischen vom Arzt mit Morphium versorgt,
hatte erklärt, im Sumpf sei ein guter Mann hinter einem
bösen her, und es werde vielleicht eine Schießerei geben.
Genauer hatte sich Leiter nicht ausgedrückt. Als er aber
sagte, er sei vom F.B.I. – ein legaler Euphemismus – in
Washington, suchte der Polizist die Leute vom Rettungs-
trupp zum Mitkommen zu bewegen, und als das mißlang,
schlenderte er vorsichtig allein davon, den Stock mit vorge-
täuschter Flottheit schwingend.
Das Krachen der Revolver und das Geflatter krächzender
Sumpfvögel gaben ihm die ungefähre Richtung an.
Geschützt war er nur durch seinen Gummiknüppel und
das Wissen, daß das Töten eines Polizisten unnachsichtlich
mit dem Tode bestraft wurde. Er hoffte nur, daß der gute
und der böse Mann dies gleichfalls wußten.
Das Krächzen der Vögel war verstummt. Es herrschte
tödliche Stille.
Der Konstabler bemerkte, daß die Spuren der Buschratten
und anderer kleiner Tiere in eine Richtung liefen, die mit
seinem Ziel zusammenfiel. Dann hörte er das eifrige Gra-
ben der Krabben, und kurz darauf erblickte er hinter einer
Mangrovengruppe einen Schimmer von Scaramangas
Hemd. Er sah hin und horchte. Keine Bewegung, kein Ton.
Würdevoll schritt er in die Mitte der Lichtung, schaute auf
die zwei Körper und die Revolver, zog seine Nickelpoli-
zeipfeife hervor und pfiff dreimal lange.
Dann setzte er sich in den Schatten eines Busches, nahm
seinen Rapportblock heraus, leckte seinen Bleistift ab und
begann schwerfällig zu schreiben.

Eine Woche später kam James Bond wieder zu Bewußtsein. Er befand sich in einem grünbeschatteten Raum. Er war unter Wasser. Der langsam rotierende Ventilator an der Decke war eine Schiffsschraube, die im Begriff war, in ihn hineinzufahren. Er schwamm um sein Leben. Aber es hatte keinen Sinn. Er war angebunden, verankert am Grund des Meeres.

Er schrie mit aller Kraft seiner Lungen. Für die Krankenschwester am Bettende war es ein Flüstern, ein Seufzer. Sofort war sie neben ihm. Sie legte eine kühle Hand auf seine Stirn.

Während sie seinen Puls fühlte, blickte Bond mit unklaren Augen zu ihr auf. So sah also eine Seejungfrau aus! Er murmelte: »Du bist hübsch«, und schwamm dankbar in ihre Arme. Die Schwester schrieb fünfundneunzig auf sein Krankenblatt und telefonierte hinunter zur Stationsschwester.

Sie sah in den trüben Spiegel und richtete ihr Haar in Erwartung des Distriktsarztes, der diesen offensichtlichen V.I.P. betreute.

Der Distriktsarzt, ein junger Jamaikaner, der in Edinburgh promoviert hatte, kam mit der Oberschwester, einem freundlichen Drachen, entliehen von König Eduard VII. Er hörte sich den Bericht der Schwester an, ging zum Bett und zog sanft Bonds Augenlider hoch. Er schob ein Thermometer unter Bonds Achsel, nahm Bonds Handgelenk in die eine und seine Taschenuhr in die andere Hand. Es war still in dem kleinen Zimmer.

Draußen rollte der Verkehr einer Straße in Kingston auf und ab. Der Arzt ließ Bonds Puls los und steckte die Uhr wieder in die Hosentasche unter dem weißen Mantel. Er schrieb Ziffern auf die Tabelle.

Die Schwester hielt die Tür auf, und sie gingen alle drei auf den Gang hinaus. Der Arzt sprach mit der Oberschwester. Die Schwester durfte zuhören.

»Er wird gesund werden. Die Temperatur ist sehr gefallen. Der Puls ein wenig schnell, aber das könnte auf sein

Erwachen zurückzuführen sein. Die Antibiotika reduzieren. Ich werde mit der Krankenschwester später darüber sprechen. Setzen Sie die intravenöse Ernährung fort. Dr. Macdonald wird dann heraufkommen und die Verbände ansehen. Er wird wieder aufwachen. Wenn er etwas zu trinken verlangt, geben Sie ihm Obstsaft. Er dürfte bald leichte Nahrung zu sich nehmen können. Wirklich ein Wunder. Knapp an den Bauchorganen vorbei, hat nicht einmal eine Niere gestreift. Nur Muskeln getroffen. Dabei war die Kugel genügend vergiftet, um ein Pferd umzubringen. Gott sei Dank hat der Mann in Sav' La Mar die Symptome von Schlangengift erkannt und gleich diese massiven Seruminjektionen verabreicht. Erinnern Sie mich daran, Oberschwester, daß ich ihm schreibe. Er hat dem Mann das Leben gerettet. Also, selbstverständlich keine Besucher, zumindest eine Woche lang. Der Polizei und dem Büro des Hochkommissars können Sie sagen, daß er auf dem Wege der Besserung ist. Ich weiß nicht, wer er ist, aber London läßt uns seinetwegen keine Ruhe. Hat etwas mit dem Verteidigungsministerium zu tun. Von jetzt ab verweisen Sie alle Anfragen an das Büro des Hochkommissars. Sie scheinen dort für ihn verantwortlich zu sein.«

Er machte eine Pause.

»Übrigens, wie geht es seinem Freund auf Nummer zwölf? Nach dem der amerikanische Gesandte und Washington gefragt haben? Er steht nicht auf meiner Liste, aber er will ständig diesen Mr. Bond sprechen.«

»Mehrfacher Schienbeinbruch«, sagte die Oberschwester. »Keine Komplikationen.« Sie lächelte. »Außer, daß er mit den Schwestern ein wenig keck ist. In zehn Tagen wird er wohl mit einem Stock gehen können. Er hat schon mit der Polizei gesprochen. Ich nehme an, das alles hat mit den amerikanischen Touristen zu tun, die beim Einsturz einer Brücke bei Green Island Harbour umgekommen sind. Die Geschichte stand im *Gleaner*. Aber der Polizeidirektor behandelt es sehr diskret.«

Der Arzt lächelte. »Mir erzählt niemand etwas. Auch gut. Ich habe ohnehin keine Zeit, es mir anzuhören. Also danke, Oberschwester, ich muß gehen. Zusammenstoß bei Halfway Tree. Die Ambulanz muß bald eintreffen.« – Er eilte fort.

Zehn Tage später war der kleine Raum überfüllt.

James Bond, auf eine Menge Kissen gestützt, amüsierte sich über die glänzende Versammlung von Offiziellen, die sich eingefunden hatten.

Links von ihm erstrahlte der Polizeidirektor in seiner schwarzen Uniform mit den Silberabzeichen.

Rechts der Richter des Obersten Gerichtshofes von Jamaika im vollen Amtsstaat, begleitet von einem ehrerbietigen Beamten.

Eine massive Gestalt, gegen die sich Felix Leiter, auf Krücken, ziemlich respektvoll verhielt, hatte man als »Oberst Bannister« aus Washington vorgestellt.

Der Leiter der Abteilung C, ein ruhiger Staatsbeamter namens Alec Hill, der von London herübergeflogen war, stand neben der Tür und betrachtete Bond unverwandt und voll Hochschätzung.

Mary Goodnight, die über die Vorgänge Protokoll aufnehmen, aber auch im ausdrücklichen Auftrag der Oberschwester auf jedes Zeichen von Ermüdung bei James Bond achten sollte und die Versammlung in diesem Fall abbrechen durfte, saß mit einem Stenoblock auf den Knien zurückhaltend neben dem Bett.

Aber James Bond fühlte keine Ermüdung.

Er freute sich, alle diese Leute zu sehen und zu wissen, daß er endlich wieder in der großen Welt war.

Ihn bekümmerte einzig, daß er keine Erlaubnis erhalten hatte, vorher Felix Leiter zu sprechen, damit sie ihre Geschichten abstimmen konnten, und daß er vom Büro des Hochkommissars etwas kurz Bescheid erhalten hatte, eine juristische Darstellung werde nicht nötig sein.

Der Polizeidirektor räusperte sich.

»Commander Bond, unsere heutige Versammlung an diesem Ort ist zum Großteil eine Formalität, sie wird aber auf Anordnung des Premierministers und mit Zustimmung Ihres Arztes abgehalten. Sowohl auf der Insel als auch im Ausland sind eine Menge Gerüchte aufgetaucht, und Sir Alexander Bustamante wünscht dringend, sie um der Gerechtigkeit und des guten Namens der Insel willen zerstreut zu sehen. Diese Versammlung stellt also eine gesetzliche Untersuchung im Auftrag des Premierministers dar. Wir hoffen sehr, daß keine weiteren gesetzlichen Verfahren notwendig sind, wenn die Schlüsse, die unsere Versammlung zieht, zufriedenstellen. Sie verstehen?«

»Jawohl«, log Bond.

»Nun«, sagte der Polizeidirektor gewichtig. »Die festgestellten Tatsachen sind die folgenden. Letzthin hat im *Thunderbird-Hotel* in der Gemeinde Westmoreland eine Versammlung von Leuten stattgefunden, die man nur als außerordentlich berüchtigte ausländische Gangster bezeichnen kann, darunter Angehörige des sowjetischen Geheimdienstes, der Mafia und der kubanischen Geheimpolizei. Die Ziele dieser Versammlung waren unter anderem die Sabotage der jamaikanischen Zuckerindustrie, die Förderung gesetzwidrigen Ganjaanbaues auf der Insel und der Ankauf der Ernte zu Exportzwecken, die Bestechung eines hohen jamaikanischen Beamten zwecks Einrichtung einiger, von Gangstern betriebener Spielkasinos auf der Insel und verschiedene andere strafbare Handlungen, die nicht nur Gesetz und Ordnung in Jamaika zuwiderlaufen, sondern auch geeignet sind, das internationale Ansehen der Insel zu beeinträchtigen. Stimmt das, Commander?«

»Jawohl«, sagte Bond, diesmal mit reinem Gewissen.

»Also.« Der Polizeidirektor sprach noch nachdrücklicher. »Die Absichten dieser subversiven Gruppe wurden der jamaikanischen Polizei bekannt, und die Tatsache der beabsichtigten Versammlung wurde dem Premierminister und mir vorgelegt. Selbstverständlich unter völliger Geheimhaltung. Es mußte dann ein Entschluß gefaßt werden, wie diese Versammlung überwacht und Eintritt zu ihr gewonnen werden könnte, um ihre Absichten in Erfahrung zu bringen. Da befreundete Länder, einschließlich Großbritanniens und der Vereinigten Staaten, mitbetroffen waren, fanden Besprechungen mit den Vertretern des Verteidigungsministeriums in London und der CIA statt. Als Resultat wurden Agenten, und zwar Sie selbst sowie Mr. Nicholson und Mr. Leiter, unentgeltlich der jamaikanischen Regierung zur Verfügung gestellt, um bei der Enthüllung dieser geheimen Machenschaften gegen Jamaika auf jamaikanischem Boden zu helfen.«

Der Polizeidirektor machte eine Pause und blickte sich im Raum um, um zu sehen, ob er die Lage richtig dargestellt hatte. Bond bemerkte, daß Leiter ebenso wie die anderen heftig mit dem Kopf nickte, er jedoch in Richtung auf Bond. Bond lächelte. Endlich hatte er verstanden. Er nickte gleichfalls zustimmend.

»Daraufhin«, fuhr der Polizeidirektor fort, »und die ganze Zeit in engster Verbindung und unter Leitung der jamaikanischen Polizei haben die Herren Bond, Nicholson und Leiter ihre Aufgabe in vorbildlicher Weise durchgeführt. Die wirklichen Absichten der Gangster wurden enthüllt, jedoch wurde bedauerlicherweise die Identität von mindestens einem der von Jamaika kontrollierten Agenten entdeckt; es kam zu einer offenen Schlacht, in der die folgenden feindlichen Agenten – wir haben hier eine Aufzählung – getötet wurden, dank der überlegenen Schießkunst von Commander Bond und Mr. Leiter, sowie die folgenden – eine weitere Aufzählung –, bei der durch Mr. Leiters geschickter Verwendung von Sprengstoff erfolgten Zerstörung der Orangenflußbrücke der Lucea-Green-Island-Bahnstrecke, die gegenwärtig für Touristenzwecke dient. Leider haben zwei der jamaikanisch kontrollierten Agenten schwere Verwundungen erlitten, von denen sie sich jetzt im Memorial Hospital erholen. Es bleiben noch die Namen von Konstabler Percival Sampson von der Polizeistation Negril, der als erster auf dem Schauplatz der Endschlacht eintraf, sowie von Dr. Lister Smith aus Savannah La Mar zu erwähnen, der Commander Bond und Mr. Leiter lebenswichtige Erste Hilfe leistete. Auf Anordnung von Premierminister Sir Alexander Bustamante wurde heute am Bett von Commander Bond und in Anwesenheit von Mr. Felix Leiter eine gesetzmäßige Untersuchung abgehalten, um die obenerwähnten Tatsachen zu bestätigen. Diese werden im Beisein von Richter Morris Cargill vom Obersten Gerichtshof hiermit bestätigt.«

Der Polizeidirektor war von seinem Gefasel offensichtlich beglückt. Er blickte Bond strahlend und zufrieden an.

»Es bleibt nur noch« – er reichte erst Bond, dann Felix Leiter und Colonel Bannister ein versiegeltes Päckchen – »die Überreichung der jamaikanischen Polizeimedaille für mutige und anerkennenswerte Taten im Dienste des Unabhängigen Staates Jamaika an Commander Bond aus Großbritannien, Mr. Felix Leiter aus den Vereinigten Staaten und, in Abwesenheit, Mr. Nicholas Nicholson aus den Vereinigten Staaten als sofortige Anerkennung.«

Es gab gedämpften Beifall. Mary Goodnight klatschte weiter, als die anderen schon aufgehört hatten. Plötzlich bemerkte sie es, errötete heftig und hielt inne.

James Bond und Felix Leiter stammelten Dankesworte.

Richter Cargill stand auf und fragte seinerseits Bond und Leiter in feierlichem Ton: »Ist das eine wahrheitsgemäße Darstellung dessen, was zu der angegebenen Zeit vorgefallen ist?«

»Ja«, sagte Bond.

»Das kann ich bestätigen, Euer Ehren«, erklärte Felix Leiter.

Der Richter verbeugte sich. Alle außer Bond standen auf und verbeugten sich ebenfalls; Bond verneigte sich nur.

»In diesem Fall erkläre ich diese Untersuchung für beendet.« Die Gestalt mit der Perücke wandte sich an Miss Goodnight. »Würden Sie so freundlich sein, sich alle Unterschriften, vorschriftsmäßig beglaubigt, zu besorgen und sie in meine Kanzlei zu schicken. Besten Dank.« Er

146

machte eine Pause und lächelte. »Auch den Durchschlag, bitte.«

»Gewiß, Mylord.«

Mary Goodnight warf einen Blick auf Bond. »Und wenn Sie mir jetzt vergeben wollen, ich glaube, der Patient braucht unbedingt Ruhe. Die Oberschwester hat dringend darauf bestanden . . .«

Man verabschiedete sich. Bond rief Leiter zurück.

Mary Goodnight witterte private Geheimnisse: »Aber nur eine Minute«, ging hinaus und schloß die Tür.

Leiter trat ans Bettende. Er hatte sein spöttischstes Lächeln aufgesetzt.

»Ja, da soll mich doch der Teufel holen, James. Das war doch die am nettesten verpackte Sache, bei der ich je gelogen habe, daß mir der Kopf wackelt. Alles klar wie die Sonne, und sogar ein Stück Salat haben wir noch gekriegt.«

Das Sprechen beginnt bei den Magenmuskeln. Bonds Wunden begannen zu schmerzen.

Er lächelte, um es nicht zu zeigen. Leiter sollte diesen Nachmittag abreisen. Bond wollte sich nicht von ihm verabschieden. Er schätzte seine Freunde hoch, und Felix Leiter war ein bedeutendes Stück seiner Vergangenheit.

Er sagte: »Scaramanga war schon ein Kerl. Man hätte ihn lebendig erwischen sollen. Solche Kerle gibt's nicht häufig.«

Leiter war nicht einverstanden.

»So redet ihr Limeys auch über Rommel und Dönitz und Guderian. Nicht zu sprechen von Napoleon. Wenn ihr sie einmal geschlagen habt, macht ihr Helden aus ihnen. Meiner Meinung nach hat das keinen Sinn. Bei mir bleibt ein Feind ein Feind. Willst du Scaramanga wiederhaben? Jetzt, in diesem Zimmer, den berühmten goldenen Revolver auf dich gerichtet – den langen oder den kurzen? Hier, wo ich jetzt stehe? Eins zu tausend, daß du's nicht willst. Sei kein Tor, James. Du hast gute Arbeit geleistet. Schädlingsbekämpfung. Jemand muß es tun. Machst du dich wieder daran, wenn du den Orangensaft los bist?« Felix

Leiter war sehr spöttisch. »Selbstverständlich wirst du's tun, Vogelhirn. Dazu bist du ja auf die Welt gekommen. Wie ich gesagt habe, Schädlingsbekämpfung. Die Schädlinge werden immer da sein. Gott hat die Hunde erschaffen. Aber auch die Flöhe auf ihnen. Zerbrich dir nicht dein Vogelhirn darüber, ja?«

Leiter hatte den Schweiß auf Bonds Stirn gesehen. Er hinkte zur Tür und öffnete sie. Er hob nur kurz die Hand. Die beiden Männer hatten einander im Leben nie die Hand geschüttelt.

Leiter sah in den Gang hinaus: »Okay, Miss Goodnight. Sagen Sie der Oberschwester, sie kann ihn von der Gefahrenliste streichen. Und richten Sie ihm aus, er soll sich ein, zwei Wochen von mir fernhalten. Jedesmal, wenn ich ihn sehe, nimmt mich das mit.« Nochmals hob er seine linke Hand in Bonds Richtung und hinkte hinaus.

Bond schrie: »Warte, du Schweinehund«, aber bis Leiter wieder ins Zimmer zurückgehumpelt kam, war Bonds ganze Energie zum Fluchen dahin, und er war wieder bewußtlos.

Mary Goodnight warf den reuevollen Leiter hinaus und lief den Gang hinunter zur Stationsschwester.

17

Eine Woche später saß James Bond aufrecht in einem Stuhl, ein Handtuch um die Hüften, las Allen Dulles' Buch über den Geheimdienst und verfluchte sein Schicksal. Das Hospital hatte bei ihm Wunder vollbracht, die Schwestern waren reizend, besonders die eine, die er »Die Meerjungfrau« genannt hatte, aber er wollte auf und davon.

Er sah auf seine Uhr. Vier Uhr. Besuchszeit. Mary Goodnight würde bald da sein, und er würde seinen Groll an ihr auslassen können. Vielleicht war er ungerecht, aber er hatte schon jeden in seiner Nähe im Hospital angeschrien, und wenn sie in die Feuerlinie geriet – ihr Pech.

Mary Goodnight kam herein. Trotz der Hitze in Jamaika sah sie frisch aus wie eine Rose. Zum Teufel mit ihr! Sie trug so etwas wie eine Schreibmaschine. Bond sah, daß es die Dreifach-X-Dechiffriermaschine war.

Bond grunzte ärgerliche Antworten auf ihre Fragen nach seinem Befinden. Er sagte: »Wozu, zum Teufel, bringst du das?«

»Ein ›Nur ganz persönlich‹ von M«, erklärte sie aufgeregt. »Ungefähr dreißig Gruppen.«

»Dreißig Gruppen? Weiß denn der alte Saukerl nicht, daß ich nur einen Arm zum Arbeiten besitze? Komm, Mary. Machen wir uns dran. Wenn's wirklich heikel klingt, übernehm ich's selbst.«

Mary Goodnight sah erschrocken drein. »Nur ganz persönlich« war eine geheiligte Vorschrift. Aber Bonds Kinn stand gefährlich vor. Heute war kein Tag für Diskussionen. Sie setzte sich auf den Bettrand, öffnete die Maschine und nahm ein Telegrammformular aus ihrer Tasche. Sie legte ihren Stenoblock neben die Maschine, kratzte sich mit dem Bleistift am Hinterkopf, um die für den Tag gültige Einstellung leichter zu finden – eine komplizierte Zahl, die mit dem Datum und der Abgangszeit des Telegramms zusammenhing –, stellte die Zahl auf dem Mittelzylinder ein und begann die Kurbel zu drehen. Jedes vollständige Wort, das in dem kleinen länglichen Fenster unten in der Maschine erschien, schrieb sie in ihr Heft.

James Bond achtete auf ihren Gesichtsausdruck. Sie war erfreut. Nach ein paar Minuten las sie vor: »M PERSÖNLICH FÜR 007 NUR GANZ PERSÖNLICH STOP IHREN BERICHT UND DITO VON SPITZENFREUNDEN« (Eine Umschreibung für die CIA) »ERHALTEN STOP SIE HABEN GUT GEARBEITET UND EIN SCHWIERIGES UND GEFÄHRLICHES UNTERNEHMEN ZU MEINER VÖLLIGEN WIEDERHOLE VÖLLIGEN ZUFRIEDENHEIT DURCHGEFÜHRT STOP HOFFE IHRE GESUNDHEIT UNBEEINTRÄCHTIGT« (Bond brummte ärgerlich) »STOP WANN WERDEN SIE SICH WIEDER ZUM DIENST MELDEN FRAGEZEICHEN« Mary Goodnight lächelte entzückt. »Noch nie hab ich von ihm etwas so Schmeichelhaftes gehört. Du, James? Diese Wiederholung von VÖLLIG! Ist ja toll!«

Sie hoffte, die Düsterkeit würde aus Bonds Gesicht verschwinden. Tatsächlich war Bond insgeheim entzückt, aber er dachte nicht daran, es Mary Goodnight zu zeigen. Heute war sie eine der Wärterinnen, die ihn gefangen, angebunden hielten. Er sagte brummig: »Nicht schlecht für den Alten. Aber er will mich nur wieder an den verdammten Schreibtisch haben. Jedenfalls soweit ist's 'ne Menge Gerede. Was kommt dann?« Während die Maschine surrte und klingelte, blätterte er in seinem Buch weiter, als habe er kein Interesse.

»O James!« Mary Goodnight geriet ganz aus dem Häuschen. »Warte! Ich bin fast fertig. Ist ja wahnsinnig aufregend!«

»Ich weiß«, bemerkte Bond unwillig. »Gutscheine für freies Mittagessen jeden zweiten Freitag. Schlüssel zu Ms Privattoilette. Einen neuen Anzug als Ersatz für den, der irgendwie Löcher bekommen hat.« Aber er war doch angesteckt von Mary Goodnights Erregung. Weshalb, zum Teufel, war sie denn so in Fahrt? Und all das seinetwegen! Er beobachtete sie anerkennend. Wie sie dasaß, makellos in ihrer weißen Naturseidenbluse und dem engen beigen Rock, das goldbraune Gesicht unter dem kurzen Blondhaar glühend vor Freude, war sie ein Mädchen, dachte Bond, das man immer um sich zu haben wünschte. Als Sekretärin? Als was? Mary Goodnight drehte sich mit leuchtenden Augen um, und die Frage blieb, wie schon seit Wochen, unbeantwortet.

»Jetzt hör mal zu, James.« Sie winkte ihm mit dem Stenoblock. »Und hör doch mal um Himmels willen auf, so griesgrämig dreinzuschauen.«

Bond mußte lächeln. »In Ordnung, Mary. Lies vor.« Er legte sein Buch auf die Knie.

Mary Goodnights Gesicht wurde ganz feierlich. »Hör dir das nur an.«

»IN ANBETRACHT DER AUSSERORDENTLICHKEIT OBEN ER-

WÄHNTEN DIENSTE UND IHRER HILFE FÜR DIE ALLIIERTE SACHE BEISTRICH DIE VIELLEICHT BEDEUTENDER IST ALS SIE SICH VORSTELLEN BEISTRICH SCHLÄGT DER PREMIERMINISTER IHRER MAJESTÄT DER KÖNIGIN ELIZABETH VOR BEISTRICH DIE SOFORTIGE VERLEIHUNG DER RITTERWÜRDE VORZUNEHMEN STOP DIES IN FORM EINES ZUSÄTZLICHEN KATIE VOR IHR CHARLIE MICHAEL GEORGE«

Bond stieß ein verlegen abwehrendes Lachen aus. »Die guten alten Geheimchiffren! Fällt ihnen nicht ein, einfach KCMG* zu schreiben – wäre viel zu leicht! Weiter, Mary. Das ist gut!«

»ES IST DIE REGEL BEISTRICH DEN VORGESCHLAGENEN EMPFÄNGER ZU FRAGEN BEISTRICH OB ER DIESE HOHE EHRE ANNIMMT BEISTRICH EHE IHRE MAJESTÄT IHR SIEGEL DARUNTERSETZT STOP HANDSCHRIFTLICHER BRIEF MUSS IHRER TELEGRAFISCHEN ZUSTIMMUNGSERKLÄRUNG FOLGEN ABSATZ DIESE ZUERKENNUNG HAT NATÜRLICH MEINE UNTERSTÜTZUNG UND VÖLLIGE BILLIGUNG BEISTRICH UND ICH SENDE IHNEN MEINE PERSÖNLICHEN GLÜCKWÜNSCHE ENDE MAILEDFIST«

James Bond versteckte sich wieder hinter der wegwerfenden Pose. »Warum, zum Teufel, muß er statt M immer ›Mailedfist‹ unterschreiben? Er könnte doch ebenso verständlich ›Em‹ schreiben. Wird ja im Buchdruck laufend verwendet. Aber natürlich ist das nicht elegant genug für den Chef. Im Herzen ist er ein Romantiker wie alle armen Trottel, die mit dem Geheimdienst zu tun haben.«

Mary Goodnight senkte die Augenlider. Sie wußte, daß Bonds Bemerkung seine Freude verbergen sollte – eine Freude, die er ums Leben nicht hätte zeigen wollen. Gleichmütig fragte sie: »Willst du, daß ich dir ein Telegramm aufsetze? Ich kann damit um sechs wieder hier sein; sie werden mich sicher einlassen. Ich kann beim Personal des Hochkommissars die richtige Formulierung erfahren. Ich weiß, es beginnt mit ›Ich bezeuge Ihrer Majestät meinen ehrerbietigsten Respekt‹. Ich mußte bei

---

* Knight Commander of St. Michael and St. George – Ritter zweier hoher britischer Orden.

151

den Neujahrsglückwünschen von Jamaika mitarbeiten.«
James Bond wischte mit seinem Taschentuch über die
Stirn. Natürlich war er erfreut. Vor allem über Ms Empfeh-
lung. Das übrige – das wußte er genau – war nichts für ihn.
Er war nie eine Person der Öffentlichkeit gewesen, und er
wollte es auch in Zukunft nicht. Er besaß kein Vorurteil
gegen Buchstaben vor oder hinter dem Namen. Aber es gab
etwas, das er vor allem schätzte: sein Privatleben. Seine
Anonymität. Eine Persönlichkeit des öffentlichen Lebens
zu werden, Grundsteine zu legen, Reden nach dem Essen
zu halten, das ließ ihm den Schweiß ausbrechen. James
Bond. Kein zweiter Vorname. Kein Bindestrich. Ein ruhiger, langweiliger Name. Gewiß war er Commander in der
Spezialabteilung der R.N.V.R. (Royal Naval Volunteer
Reserve), der freiwilligen Marinereserve, aber er machte
selten von seinem Rang Gebrauch. Ebensowenig von dem
C.M.G., dem Commander des St.-Michaels- und St.-
Georgs-Ordens. Er trug ihn vielleicht einmal im Jahr,
zusammen mit seinen zwei Reihen von »Salat«, beim
Abendessen der Old Boys – der Vereinigung früherer
Geheimdienstleute unter dem Namen »Zwillingsschlan-
genclub« –, einer schauerlichen Versammlung, die im
Bankettsaal vom *Blades* abgehalten wurde und die einer
Menge von Leuten eine Riesenfreude bereitete, die zu ihrer
Zeit mutig und einfallsreich gewesen waren, jetzt aber die
Wehwehchen alter Damen und Herren pflegten. Diese
Leute sprachen von verstaubten Triumphen und Tragö-
dien – zu einem Nachbarn wie James Bond, der sich ja nur
dafür interessierte, was morgen geschehen würde. Da also
trug er seinen »Salat« und den C.M.G. unter der schwarzen
Binde – um den alten Herrschaften bei ihrem alljährlichen
Abendessen Freude und Beruhigung zu geben. Für den
Rest des Jahres, bis May sie eigens zu dieser Gelegenheit
wieder aufpolierte, sammelten die Orden Staub an – an
irgendeinem geheimen Ort, wo May sie aufbewahrte.
James Bond sagte also zu Mary Goodnight, ihrem Blick
ausweichend: »Mary, das ist ein Befehl. Schreib das fol-

gende nieder und schick es heute abend ab. Ja? Anfang: »MAILEDFIST NUR GANZ PERSÖNLICH.« Bond warf ein: »Ich hätte ebensogut sagen können ›FÜR MONEYPENNY‹. Wann hat M zum letztenmal eine Dechiffriermaschine angerührt?«

»IHR –, setz die Nummer ein – ERHALTEN UND HÖCHLICHST GEWÜRDIGT STOP HOSPITALLEITUNG ERKLÄRT BEISTRICH ICH WERDE IN EINEM MONAT DIENSTBEREIT NACH LONDON ZURÜCKGESCHICKT STOP BETREFFS IHRER MITTEILUNG AUSZEICHNUNG BITTE ICH SIE BEISTRICH IHRER MAJESTÄT MEINEN EHRERBIETIGEN RESPEKT ZU BEZEUGEN UND ZU BITTEN BEISTRICH ES MÖGE MIR GESTATTET WERDEN BEISTRICH IN ALLER UNTERTÄNIGKEIT DAS ZEICHEN DER GUNST BEISTRICH DAS IHRE MAJESTÄT GNÄDIGST IHREM ERGEBENEN UND GEHORSAMEN DIENER ZU VERLEIHEN GEWILLT IST BEISTRICH ABZULEHNEN KLAMMER FÜR MAILEDFIST BITTE SETZEN SIE DAS IN DIE FÜR DEN PREMIERMINISTER GEEIGNETE FORM STOP MEIN HAUPTGRUND IST BEISTRICH DASS ICH IN HOTELS UND RESTAURANTS KEINE HÖHEREN PREISE ZAHLEN MÖCHTE KLAMMER«

Mary Goodnight unterbrach entsetzt. »James! Das andere ist deine Angelegenheit, aber das letzte hier kannst du wirklich nicht sagen.«

Bond nickte. »Ich hab's auch nur an dir ausprobiert, Mary. Schön, also beginnen wir nochmals beim letzten stop. Also: ICH BIN EIN SCHOTTISCHER BAUER BEISTRICH UND ICH WERDE MICH IMMER ALS SCHOTTISCHER BAUER WOHL FÜHLEN BEISTRICH UND ICH WEISS BEISTRICH SIR BEISTRICH DASS SIE MEINE VORLIEBE VERSTEHEN WERDEN UND ICH AUF IHRE NACHSICHT ZÄHLEN KANN KLAMMER BESTÄTIGUNGSBRIEF FOLGT UNMITTELBAR ENDE NULLNULLSIEBEN«

Mary Goodnight schüttelte den Kopf. Das Goldhaar tanzte ärgerlich.

»Also wirklich, James! Willst du das wirklich nicht überschlafen? Ich wußte, du bist heute schlechter Laune. Vielleicht ändert sich deine Stimmung bis morgen. Willst du denn wirklich nicht in den Buckinghampalast gehen und die Königin und den Herzog von Edinburgh sehen? Willst du nicht niederknien und deine Schulter mit einem Schwert berühren lassen und hören, wie die Königin sagt ›Erhebet Euch, Herr Ritter‹, oder was sie da sagt?«

Bond lächelte. »Das alles würde mir sicher gefallen. Die romantische Ader des Geheimdienstmannes – und des Schotten; soweit es dies betrifft. Ich lehne es nur ab, Sir James Bond zu heißen. Jedesmal, wenn ich mich beim Rasieren im Spiegel erblickte, müßte ich lachen. Es paßt einfach nicht zu mir, Mary. Beim Gedanken daran überläuft's mich wirklich kalt. Ich weiß, M wird das verstehen. Er denkt über diese Dinge ganz ähnlich wie ich. Leider mußte er sein K mehr oder weniger zugleich mit seiner Stellung übernehmen. Jedenfalls werde ich meine Meinung nicht ändern; du kannst also abrauschen, und ich werde heute abend einen Bestätigungsbrief an M schreiben. Sonst noch etwas?«

»Da ist noch eine Sache, James.«

Mary Goodnight schielte auf ihre hübsche Nase hinunter. »Die Oberschwester sagt, du kannst Ende der Woche gehen, aber du brauchst noch drei Wochen Rekonvaleszenz. Hast du irgendwelche Pläne, wo du hingehen willst? Du mußt in Reichweite des Hospitals bleiben.«

»Keine Ahnung. Was schlägst du vor?«

»Also, ich hab doch diese kleine Villa droben beim Monadamm, James.« Sie sprach schneller. »Dort gibt's ein freies Zimmer mit Blick auf den Hafen von Kingston. Und dort droben ist es kühl. Wenn's dich nicht stört, kein Badezimmer für dich allein zu haben.« Sie errötete. »Ich fürchte, es ist keine Anstandsdame da, aber weißt du, in Jamaika macht so etwas den Leuten nichts aus.«

»Was heißt ›so etwas‹?« neckte sie Bond.

»Sei nicht so dumm, James. Du weißt doch, unverheiratete Paare, die im selben Haus leben, und so weiter.«

»Ach, das. Na, das klingt aber doch sehr reizvoll.«

»Und James«, fuhr sie eifrig fort, »es ist nicht weit vom *Liguanea Club*, da kannst du hingehen und Bridge spielen, und auch Golf, sobald es dir besser geht. Dort gibt's eine Menge Leute, mit denen man plaudern kann. Und dann kann ich natürlich kochen und dir die Knöpfe annähen und dergleichen.« Von allen schicksalsträchtigen Sprüchen, die eine Frau an die Wand schreiben kann, sind das die heimtückischsten, die tödlichsten.

James Bond, im vollen Besitz seiner Sinne, mit offenen Augen, steckte seinen Kopf munter zwischen die nerzgefütterten Kiefer der Falle. Voller Überzeugung sagte er: »Goodnight, du bist ein Engel.«

Und doch wußte er, daß die Liebe von Mary Goodnight oder die von irgendeiner anderen Frau nicht genug für ihn war. Sie würde sein wie »ein Zimmer mit Aussicht«. Und auf James Bond würde die gleiche Aussicht immer ermüdend wirken.

Leseprobe aus Scherz-action-Krimi 828

DU LEBST NUR ZWEIMAL

von Ian Fleming

Die Geisha »Bebendes Blatt«, die neben Bond kniete, neigte sich vor und küßte ihn sittsam auf die rechte Wange.

»Das ist Betrug«, sagte James Bond streng. »Du hast versprochen, mir einen richtigen Kuß auf den Mund zu geben, wenn ich gewinne.«

»Graue Perle«, die Madame des Hauses, die schwarzlackierte Zähne hatte und so dick geschminkt war, daß sie wie eine Figur aus einem No-Spiel wirkte, übersetzte. »Bebendes Blatt« bedeckte ihr Gesicht mit den schlanken Händen, als sei ihr eine Obszönität zugemutet worden. Doch dann spreizten sich ihre Finger, und ihre kecken braunen Augen musterten Bonds Mund, als wollten sie das Ziel genau erfassen, und ihr Körper bog sich nach vorn. Diesmal traf ihr Kuß Bond voll auf den Mund. Er war lang und zärtlich. Eine Einladung? Ein Versprechen? Bond erinnerte sich, daß man ihm keine »Kissen-Geisha« versprochen hatte. Anders ausgedrückt bedeutete das: eine Geisha der niederen Kaste. Sie war zwar in den traditionellen Künsten ihres Berufs nicht sehr bewandert – sie war nicht in der Lage, heitere Geschichten zu erzählen, zu singen, zu malen oder Verse zu dichten. Aber im Gegensatz zu ihren kultivierten Schwestern war sie zu handfesteren Diensten bereit, natürlich in diskreter, ungestörter Umgebung und zu einem entsprechend hohen Preis. Aber für den primitiven, verdorbenen Geschmack eines *gaijin*, eines Fremden, war das weitaus sinnvoller, als wenn man seine Reize in einem *tanka*, einem einunddreißigsilbigen Vers, den er sowieso nicht verstand, mit knospenden Chrysanthemen auf den Abhängen des Fudschijama verglich.

Der Beifall, der diese lüsterne Vorstellung begleitete, verebbte schnell. Der kraftvolle, untersetzte Mann im schwarzen *yukata*, im Seidenkimono, der Bond an dem niedrigen roten Lacktisch gegenübersaß, hatte seine Zigarettenspitze aus dem Mund genommen und neben seinen Aschenbecher gelegt. »Bondosan«, sagte Tiger Tanaka, der Chef des japanischen Geheimdienstes, »jetzt werde ich Sie zu diesem lächerlichen Spiel herausfordern, und ich verspreche Ihnen im voraus, daß Sie nicht gewinnen!« Das flächige, faltige Gesicht, das Bond in den vergangenen Wochen so vertraut geworden war, lächelte ihn an. Das breite Lächeln verengte die Mandelaugen zu Schlitzen. Bond kannte dieses Lächeln. Es war kein Lächeln. Es war eine Maske . . .

Bitte lesen Sie weiter in Band 828

des Scherz-action-Krimis:

DU LEBST NUR ZWEIMAL

von Ian Fleming

Sterne lügen nicht!

430 Seiten
Leinen

Was die Sterne über unsere Männer, Frauen, Liebsten, Kinder, Vorgesetzten, Angestellten und über uns selbst zum Vorschein bringen.

»Die bekannte Astrologin hat hier die Menschen mit viel Sachkenntnis, sprühendem Witz und psychologischem Fingerspitzengefühl bis in die verstecktesten Winkel ihrer Seele untersucht. Man findet sich selbst und seine Mitmenschen mit einer unglaublichen Bildhaftigkeit und äußerst präzise gespiegelt.« Hessischer Rundfunk

»Dies ist der überzeugendste Polit-Thriller seit Jahren.«
Harrison E. Salisbury

336 Seiten/Leinen

»Die bisher atemberaubendste, faszinierendste Darstellung der ›Großen Konfrontation‹.
Etwas Fesselnderes kann man nicht erwarten...«
General Sir John Hacket

Higgins in Hochform

288 Seiten/
Leinen

Zwischen zwei gleichwertigen Geheimdienst-Spezialisten entwickelt sich ein Kampf, der seine faszinierende Spannung aus der Meisterschaft des Autors bezieht, wie kaum ein anderer die Fäden dramaturgisch zu ziehen.
Die Schlinge wird immer enger, die Jagd psychologisch und von der Aktion her immer furioser. Bis zu einem Finale, das so verblüffend nur ein Higgins zu präsentieren versteht.